文芸社セレクション

集団疎開

白井 敏夫

SHIRAI Toshio

JN179248

文芸社

目次

〈まえがき〉

これらの文章は三部に分かれている。

第一部からだが、私が生まれてから徳島に集団疎開をするまでの私の一家の有様を書いた積もりである（一九三四年十二月から一九四四年の九月まで）。

第一部には例外として一九三二年の犬養首相が暗殺された事まで書いたが、これはその後軍部の圧力により満州事変、支那事変まで起こしてしまいそれが父の職業にも或いは家庭の生活様式にも良いにつけ悪いにつけても何らかの影響を及ぼす事態であると思ったからである。その後、軍部は一九四一年の十二月に太平洋戦争まで起こしてしまい、それは最初はよかったが、一九四三年以降は我々一般国民まで巻き込む事態になった。

軍国政府は一九四四年の夏に大都会に居住の私達小学生を、地方の田舎に疎開する様にと命じた。私達はそれを実行した。そこ迄の〝話〟の数々である。

第二部はその筋から促されておこなった徳島への集団疎開の様子が描かれている。一九四四年の九月から一九四五年の九月の丁度短い期間の一年間だけである。

今となっては私は文中の先生達、寮母さん達、友達の所在も生死も知る余地がないのである。私は右手足が不自由であるために何につけても思うに任せられない。これをお読みの皆様はこれがフィクションの積もりでお読み下さる方が私の胸の内の支えがちょっとでも楽になるという思いである。

その反面私にしたら、約八十年ほど以前に政府が行った集団疎開の本当の中身や田村先生による大阪の空襲の実態なるものには私の持てる限りの精一杯の努力をした積もりである。このような時代が二度とみなさんに来ぬようにと願うばかりである。

第三部は、戦争は終わり徐々に人々は胸をなでおろし、これからは目上の人々や近所の人々とも好きな事が言える時代になったぞと、又は好きな事が出来る時代が来たぞと考え始めるのである。私はよく判らなかったが戦争の終焉とともに今まで見知らぬ知識が入ってくるなあと感じ始めたのである。

九月下旬の事、祖母に連れられての転校の手続き。横井という先生は尾張弁で学童もこれに答えて尾張弁（当然である）。それと先生は釣餌に使う〝赤虫〟を学童達に売り付けられたのだ。私はそれを見て聞いて、世の中随分と楽になったもんだと思った。

休憩時間中、私を中心にして話が弾んだが用いられた言葉はすべて尾張弁。その中にあって負けまいとする〝私〟に、読者の皆様の声援をお願いしたいのだが……。

尚、今回は長兄芳一（現在九十二歳）の二作品と共に尾張における次兄賢二（九十歳没）と私の鮒釣り三昧を以て〝終〟とする。

何卒御笑覧あれ。

二〇二四年三月

第一部　生まれてから集団疎開

〈配給制度〉

太平洋戦争が私達一般の人々にとってごく激しく、ごく苛酷なものとなった時に私達の軍事政府は物品の配給制度に踏み切った。米、麦、油、塩、砂糖、醤油等多くの食料品が目白押しで、この制度にはずみをつけた。戦況は最初のうちはよかったが、一九四二年（昭和十七年六月）ミッドウェイ海戦で大敗して以降は、食品の質も量も最悪になる。「食物の味なんかどうでも良いや」という時代になってしまった。この制度は、アメリカのB29による大空襲が東京、大阪、名古屋という様な大都会を中心に行われる迄は曲がりなりにも可成りな機能を果たして来た。大空襲に至るまではどうにかその制度を保持出来たのである。大空襲（東京はもちろん県庁所在地）以後は、その制度のあれこれを知っている人達もいなくなった。或る者達は焼け死に、或る者達は全身大やけどで入院、或る者達は命からがら、田舎か故郷の方に家族共々逃げ帰ったのである（一家の主はおもに主婦）。そんなひどく惨めな状態の中にあって更に哀れな人々がいる。焼夷弾による家屋の被害を免れた人達が瓦礫だらけの外に向かって「鬼畜のアメリカ兵め、今に見ておれ！」

「畜生め、かかってこいよーっ。腕前を見せてやるーっ」

というような言葉を吐いている少年、老人、婦人etc.だ。手には自分流でしつらえた竹槍を握りしめながら……。

　そんなこんなで、配給制度は大空襲によって終末を迎える。大都会では昭和十七年の一月から昭和二十年の三月（大空襲のさ中）までは、国民は好むと好まざるに関わらずに食わんがために世話になっていたのである。

　戦況が悪くなってきた矢先、海軍司令長官山本五十六が昭和十八年の四月十八日にブーゲンビル島の上空で戦死された。彼は大戦の火蓋を切った、しかも大戦果をあげた張本人である。当然、国葬である。その日が何月何日であったのかは私の「老い」ゆえに思い出すのが困難で、メンタルエネルギーが必要なので、国葬日は仮に四月のX日にしておこう。四月X日が山本海軍司令長官の国葬日である。国葬は、全国津々浦々の国民学校にも政府の方からの指示が行っているのだろうか。当然である。これは国葬ではないか。ごもっとも！　ごもっとも！　この日は平日だったので私達の母校では授業は中止、生徒全員が式に参列をした。校長のかなり長い話、教頭の例のこの日の仕草（このような式の場合〝奉安殿〟からの勅語を校長に手渡したりする役目）を、必死になり思い出そうとしたが、〝老い〟が左右してこれも駄目であった。ただ、私の脳裏に浮かんだお二人の表情は、近い将来を暗示してか、暗いもの、悲しいものだった（夢のまた夢）。

〈玉砕の事〉

玉砕《ぎょくさい》という言葉の意味は、名誉や忠義などを守って潔く死ぬこと。玉のごとく砕け散るから……。

右記は、漢検の辞典で〝玉砕〟を調べたものだが、この冷酷な様子を倍する事態が起こってしまった。これは海軍司令長山本五十六が戦死したわずか四十日後のことだ。北方領土であったアリューシャン列島のアッツ島で山崎大佐の率いる二千五百人の日本兵の部隊が一万一千人のアメリカ兵の攻撃で全滅した。日本人で誰一人として生きているものはいなくなってしまったのだ。つまり玉砕したのだ。それも死に方がまともじゃない。零下何十度の気温の中で、歌にもあるが〝刃の凍る北海の〟凍傷にかかった足を引きずりながら、あたったか、あたってないかが判らぬ様な、ちゃちな造りの小銃を持たされ、挙句の果てに「突撃！　つっこめ！」で、銃の先端に短剣を取り付けた武器で敵陣に乗り込んでゆく若者たち。その時の若い兵士達の本当の気持ちはどんなにか複雑であっただろうか……ある者は母を想い、又父を想う。ある者は恋人を想い故郷を想う。ある者は世話になった恩師を想い、なつかしき学び舎を想う。また、ある者は自分の作曲した楽曲を想い、それに聴き入る大勢の人々を想う。私はこうしたたとえ話を数度書いたが、あくまでそれらは示例であり、亡くなった二千五百の兵士の遺骨の中にはさらに悲しい悲しい幾百の話が埋もれているように思われてならない。死に行く若者の最後の言葉、それはお上《かみ》が決めた漢字六文字よりさらに至上の六文字をここに披露させていただこう。

南無阿弥陀仏　南無阿弥陀仏　なむあみだぶつ　と！

極く最近聞いた話（ＮＨＫ・二〇二三年八月）だが、三重県の桑名市にアッツ島で玉砕した兵士の為忠魂塔を建てたそうだ。山崎大佐の部隊がここ桑名にあったらしい。私自身、行きたいのだが年とともに手足が不自由でそれもかなわず。今は静かに桑名の方を向いて祈ろう。憲法に基づき、もう二度と戦争などやりませんから安心してお眠り下さいと……忠魂塔が単なる慰霊塔になるように私は同時に心から祈っておりますと！

〈祖母について〉

アッツ島の玉砕事件があってからも、数々の大本営発表のニュースがラジオから流された。私達三人の兄弟は、その時々のニュースに一喜一憂したものだ（そのころのニュースは戦況が思わしくないのに、軍事政府は私達を言葉巧み欺瞞していたことが、戦後の調査で判明する）。

「我が空軍は××沖で敵巡洋艦二隻を轟沈せり、我が空軍の損害ごく軽少なり」

という風に。実は逆であった。日本の戦闘機はことごとく打ち砕かれていた。〝例の轟沈した二隻の巡洋艦〟の恐るべき艦砲射撃により！　これでは零喜全憂ではないか？　この様なデマの大本営のニュースにより私達は三、四年間騙し続けられた。

それでも私達は、いや大人達は、日本は〝必ず勝つ〟という信念のもと、大本営のニュースを信じつつ日々のナリワイをこなしていった。祖母はよく郊外に出て野草を摘みに行った。主にヨメナ、ヨモギ、オオバコ、セリ、タンポポ等が背中に背負える程の大きいフクロに詰めるだけ詰める、そして左手で小芋やじゃがいも等、行き当たりばったりで近くの農家に無理を言い買ったものを持ちながら帰宅するのであった。途中、巡査に呼び止められ中身を調べられた事も一度や二度ではなかったらしい。かくして、我が家の食卓は賑わう。祖母は本当に忙しい人だった。常に七人分の食事の用意をしていた。それも二食は代用食で、御飯（米）などは夕飯のみであった。その御飯も初めはお茶碗に一人二杯であったものが、いつの間にか一人一杯半になってしまった。そうしないと月末まで米の配給量がもたない。それが不満な者はだんご汁なり、じゃがいもの煮たのなり、小芋の煮たのなどでお腹を満たす。これがおばあちゃんの思いつきだ。家族の皆はそれに従った。それでも皆は明るかった。むしろ健康ですらあった。ほんの一例、

「おばあちゃん、おかわり」

　と誰かがお茶碗を元気よく差し出すと

「〇〇さん、もう三杯目やないか。アカン、アカン、なんか他のもんでも食べときなはれ—」

「バレたか……もっとそーっとお茶碗出したらよかったかなあ。そやかて言うやん……いそーろう三杯目にはそーっと出しと」

　祖母は防火演習にも参加、とにかく忙しく愛すべき人だった。何か仕事をやってないと祖母でなくなるイメージの人だった。

〈父について〉

父は、ある鉄工所で工員として働き出してからもう二年になる。昭和十七年に自動車の個人営業が禁止になり止むを得ず転職になった訳である。父は昭和の初期に車の免許を取り、同時に買ったシボレー車で個人営業の形でタクシーの営業を始めたのである。最初の一年間ほどは彼自身の寡黙さが災いして、たいした利益にはつながらなかったがそれ以後は、京阪神の地図と地理もあらかた覚えたので、それが客との交渉をするにあたりほどよい円滑剤となり、利益も年ごとに増えてきたのである。軍部はまだ昭和の初めは大衆にはやさしかったが、内部では甲と乙がかなりもめているようだった。とはいえ、モボ・モガの大正デモクラシーの余韻が漂う昭和初期には客足も増え、父もこの仕事こそ天職だと思い、日々をタクシー業に邁進出来たのである。

ややあって長男（芳一）が生まれた年（昭和七年）に、「話せば判る」の一語を残し凶弾によって暗殺された犬養首相だが軍部はこれにより「邪魔者」はいなくなったと言わんばかりに益々その勢力を伸ばしてきた。当然父達の職業までは〝暗殺〟はできなかった。軍部は直後に満州事変を引き起こした。東京と満州にかかわらず大阪にまで視覚的印象を残していた。

〈母について〉

母の事をあれこれ書き綴る時間というのは私にとっては本当に辛い時間だった。母は二十三歳で長男、二十四歳で次男、二十五歳で三男、二十六歳で四男の勲《いさお》を出産した。男子ばかり四人も産むという事は只々「ごくろうさま」という以外にない。だが然し、四男の勲は、三歳になったばかりの冬に病死。死因はおでき（ふきでもの）が内攻したらしい。かかりつけの三軒家の西浦医師によると、〝おでき〟の内攻というのは、二、三歳の幼児にはよくある病状であるという。

母は自分を責めた。〝おでき〟が内攻という医学的な作用により、勲のすみずみまで害を及ぼしたというのであれば、塗り薬なんかつけずにもっと早く西浦先生に診ていただいた方がよかったのに。同時に母は二度と会うことは出来ない我が子勲を、誰よりも恋しく切なく思った。内攻を憎む思いと我が子を恋しく思う二つの気持ちがないまぜになって、母を苦しめた。葬式の一ヶ月後も母は変わらなかった。父はこう言った。

「勲は死んだ。これも運命や。お前は、もう死んだ勲に何をせいと言うんか。そんな事より芳一、賢二、敏夫の三人のために頑張ってもらわんと（今考えると随分男尊女卑的な言い方だなあ)」

この様な助言にも拘わらず、母はいまだに自分を責める事を変えない。果ては疲れ切ってぐったりとなる。そんな事態の繰り返しが何日か続いた。父が心配のあまり嫌がる母を自分の車に乗せて阪大病院へ！　母の病名は躁鬱病と医師が言ったと、父が私達に告げた。また次の事も、

「しばらくの間、入院しなさい。少しは良くなる筈だから」

母が入院した二、三日後に父に連れられて母に会いに行き、母のベッドの脇で、母がむいてくれたリンゴの味を、未だにおぼろげながら覚えている。母は十五日間の入院生活の後に父に連れられて帰宅する。祖母も祖父も喜んだが、小さい三兄弟も喜んだ。これで前の生活に戻れると三人三様に喜んだ。芳一兄は、これで学校で保護者の集まりがある時は母に直接言えるなと思い、ニッコリした。賢二兄は、母がほうきとかほこりたたきを持ってそこら一面を掃除する姿を想像していた。私は母が黄色の冬のセーターを編むので懸命になっている様子を心に描いていた（この時私の年齢は五歳)。母はこの時、本当に敏夫の為に黄色のセーターを編んだのである。それを私が五歳の時に実際に着ていた。

実際、私の場合小学校三年生になってからも、編み直した黄色のセーターを着た事を強烈に覚えている。不思議である。一体誰が編み直したんだろうか。何故なら母は、あの時から数えて六ヶ月後にまた母の上に躁鬱病がのしかかって来たからだ。今度は前よりひどい。

「勲よ。お母ちゃんはこの世でせんならん事が一杯あるねんで。堪忍したりいな」

とは、父がこの時に発したいわば呪文を、繰り返し父が何回も言わねばならなくなった。

私は、あの小さい黄色のセーターを更に大きく編んだ編み手が母であるという事を信じながら、〝お母ちゃん〟いつまでも元気でいてねと祈るのみであった。

〈満州事変と支那事変〉

（三省堂発行の『大阪大空襲の記録』の前書き金野紀世子さんの文の一部）

「小学校四年生になっていた昭和七年のある日、私は学校の帰りに臨港線の上を満州事変に出勤する陸軍の兵士達が幾十輌もの軍用列車で運ばれて行く光景を目撃した。生まれて初めて見た幾百人とも知れぬ兵士の姿だった。窓から手を振っている沢山の兵士の姿も万歳の声が妙にもの悲しく、幼い私は海岸道路にただ一人立って、両手を上げてバンザイバンザイと一生懸命に叫んでいるうちに、ワァワァと声を上げて泣いたことをはっきりと覚えている」

右記は、若い兵士達がそれぞれの郷里でお上の赤紙（至上命令）を受け取り軍用列車に乗り、それが大阪港に到着の寸前で彼女が今見た彼等兵士達の情景を、幼な心の作者はとどのつまり声をあげ泣いてしまうのだが、彼女の素直さや優しさ、そして人間らしさに限りない敬愛の念を送りたい。

彼女が幼な心でワァワァ泣いたという大阪港に向かう軍用列車がおそらく満州行きの第一号ではなかったであろうかと今は私は思っている。その後第二、第三と続くわけだが、そうこうする内に軍部が再度起こした支那事変まで数に入れると号数を数えることなどもうどうでもいいんやという気になってくる。同じく大阪港から出た支那（中国）向けの兵士達を乗せた艦船の数も必然と列車に比例して増えてきた訳である。いよいよ中国大陸への侵略の始まりである。昭和十二年の夏であった。盧溝橋事件発生（日本の軍部が仕掛けた作戦）以後、南京攻略に至る迄に殺害した〝中国の人〟の数はなんと三十万人と言われている！　三十万ということは、甲子園球場に入る人の数の約六・六倍じゃないか（甲子園球場は四万五千人が許容限度であると言われているので六・六倍になるのではないか。人数を表す場合、最もわかりやすくする方法としてこの表現を用いる）。殺人、いや虐殺なんて有り得ないと言う人達がいる。いや二十万位だ。いや十万位だ。いや五万人位だという人達もいる。先ずこのような虐殺はありえないと言う人達への疑問は次の様なものである。

「あなた方はこの事態を風化させる目的で〝ありえない〟と言われるんですか？　それとも純粋無垢に知らないと言われるのですか？　それとも今日も忙しいからそんな事にかかずりおおてる暇なんかないわ、知りとうないわ、ですか？」

私達は絶対この虐殺行為を、決して風化させてはいけません。私達は知らなくてはならないのです。なぜなら私達の軍隊が武器を携えて大勢で隣国に行き、ちょっとでも気に入らぬ事があろうものなら老若男女を問わず、やれスパイだとか敵の回し者だとかの理由付けをして有無を言わさずその場で射殺か日本刀で斬り殺したりしたのです。赤ん坊も子供も混ぜてですよ。これが、軍隊が中国でしでかした事のほんの一例である。それも、しでかした場所が隣国の、南京という大都会に於いてである。いわば、我が国に於いては第二の都市大阪といったところである。隣国の中国が日本に武器を携えてやって来る。そして大阪で同様の事をする。許されますか？　絶対にＮＯと言うでしょう。

これが前に述べた様に被害にあわれた数が、いくら何でも少なすぎると言われている五万人であるとしても、あの広い甲子園球場でもまだ五千人分のシートが足りないのである。その不足分の五千人を日本人がひどい仕打ちで死に至らしめたとしても、その日本人は経済的に国益をもたらしたということでお上より表彰されるかもしれなかったのだ。あぁ何という恐ろしいことか。その数が五千人でなく三十万人という実の数に於いておや！　南無阿弥陀仏　南無阿弥陀仏　なむあみだぶつ。

〈ズッペ作曲〝軽騎兵〟〉

支那事変から太平洋戦争に至るまでに父は毎日をタクシー事業の経営の明け暮れに没頭していた。昭和十三、四年頃、私の年は四、五歳で余りはっきり記憶していないのだが父に連れられて難波の大劇に行き回転木馬に乗った事が思い出される。この頃ではなかったかな、父がうちのような貧乏世帯に似合わない買い物をしたのは。蓄音機である。それと同時に数枚のレコード盤を買い求めたのである。私は父が何時《いつ》そのような高い買い物をしたのか知らない。覚えていない。

私が家に蓄音機が有り、レコードが有ると知ったのは、三歳か四歳の誕生日。父か二人の兄かは判らなかったが、

「敏《とっ》しゃん、いいもん見せたろか」

と二階に上がり見せてくれた蓄音機。目を丸くして機械を見ていると、

「かけるで！」

「うーん」と私。

♪～♪～♪～

「一枚終わったでぇ」

♪〜♪〜♪〜

「二枚終わったでぇ。これ、ええやろ」

「ええなぁ、もう一回かけて」

「よっしゃ、よっしゃ。これな、ドイツ人でズッペという人が作りはった〝軽騎兵〟いうねん」

「ふぅーん」

これが、私が聴いた第一回目の交響曲である。その後今日に至るまで〝軽騎兵〟の曲を何回も聴いてきたが、初めてあの曲をレコードで物にしたあのシーンは忘れることはない。只、父か兄達か三人の内誰が面倒を見てくれたんかいな。それにしても、八十三、四年前の曲は覚えていても家族は誰であったかが判らんようになるとはなぁ。

〈西暦一九四〇年〉

五歳にもなると覚えている物が以前より輪郭がはっきりしている様である。時代は昭和十五年、西暦一九四〇年、皇紀二六〇〇年だ。神武天皇が奈良の橿原で即位をしてから二六〇〇年になるんだそうだ。とにかく第一代目の天皇である。この事を私は五歳のお正月に知った。昭和十五年は皇紀二六〇〇年か。この年に零戦が作られたんだっけ。当時は好きであってもこれは多くの敵機を打ち落とし相手の搭乗員を死に至らしめたんだから駄目だ。そんな事より替え歌があったな。よく覚えているかどうか試してみよう。

元歌
～金鵄かがやく日本の
栄光ある光　身にうけて
今こそ祝えこのあした
紀元は二六〇〇年　あ～一億の胸は鳴る～

替え歌（最近値上げしたタバコ代を皮肉って歌詞にして）

〜〝金鵄〟上って十五銭
栄光ある〝光〟二十銭
今こそ上って〝ホーヨク〟が
苦くてからくて三十銭
あぁもうタバコやめよかなぁ
作者不明

こうして浮かれている間にも、若い者は皆徴兵検査にかけられて、その結果合格だとすぐさま赤紙を受け取り戦場に送り込まれる。これで文句を言おうものならそれ相当の処罰が待っている。父は三十歳を過ぎていたのと左手に損傷があったので幸いにして不合格の烙印を押されたのである。内の家族同士が決してかばい合う仲では無いが父がその事を不名誉な事だと思った事はこれっぽっちも無い。大体に於いて名誉とか不名誉なんて誰がどう決めるかが問題だ。

それにしても最近増えてきたなぁと父は思う。何が？　眞白な布に包まれた白木の箱に入れられた遺骨を持った人を先頭にした行列を、一日に何回見ればいいのか？　昨日は四件、今日は三件だ。大阪の市街地を車内より確認する。父は車の中からではあるが深く黙礼するのが常であった。行く先々で同じ光景に出会うとまた同じ仕草を繰り返しているのであった。彼は大阪以外の他府県でも程度の差こそあれ、これが起こっているなら、おびただしい数の戦死者がおるなぁと思った。同様に傷ついた兵士、手足が無くなった兵士もその数は計り知れないと思った。・・・自分はなんと運のいい存在だろうとも思った。これが支那事変か、これが戦争かとまたぞろ考えるのであった。

〈天王寺の大阪美術館〉

父との思い出の一つとして忘れられないのは、昭和十九年（一九四四年）の二月のとある日曜日の朝のことだった。その日はおそろしく晴れていた。

「敏《とっ》しゃん、天王寺の美術館へ行けへんか」

と父のめずらしい誘いの声。美術館は生まれて初めての所、かねてから行きたいと思っていたので「行く行く！」と私の弾む声。

この頃に父も天職をあきらめて鉄工所の工員という油まみれの仕事に替わってから三年目になろうとしていた。だが今日は三つ揃えの背広を着てコートを着用、黒の革靴を履いているので、誰が見ても丸で別人に見えた。父は祖母が用意してくれた弁当の入ったリユックを肩にかけながら、

「おばあちゃん、行ってくるわ。母ちゃんを頼むわ」と言った。

「お父さん、何見んのん」と私。

「絵や絵画や今話題になってる画家……何ちゅう名前やったかいなぁ」

「知らんわ……」

二人は電車に乗り、目的地に着いたのが十時頃だった。建物を見る。美術館だ。かっこ

いい建物だ。三階建かな、いいや四階もあるかも知れない。外側からは判別しにくい造りになっている。屋根の瓦の色は少し青を混ぜたような黒である。入口の四本の柱とそれに従って存在を示す建物の左右の側面の色は全く同一でやや淡いベージュである。入口に至るまでの階段は幅広く横に十メートルぐらいありそうである。また一段一段の幅も大人の靴が二足分縦に入りそうでまだ少し余裕がある程度の長さである（小学校三年生の私如きが「美術館だ」「かっこいい建物だ」というぐらいが〝関の山〟であり、それ以外の建物の描写は現時点の筆者である）。家を出る時私に告げた父の〝何ちゅう名前氏〟の作品がいよいよ見ることが出来る。だが今日は日曜日とあって会場が超満員であった。その絵の展示は二階であった。建物の中の階段の二、三段目にやっとの思いで辿り着くと今度は五分間の待ち。次は十段目で五分間。二階に上がってからも二回は同じことが繰り返された。現物から約二メートルほど離れた処から観るようにされている。〝何ちゅう名前氏〟の絵画が眼前にある。

「アッツ島やな」

父はつぶやくように言った。私の現時点で付けた絵の主題〝アッツ島玉砕之図〟はタテ一・八メートル、ヨコ一・三メートル位だったと思う。日本兵が銃剣を相手のアメリカ兵の胸元に突き付けているところ。どちらの兵も死に物狂いでお互いの相手の眼を、瞳を見つめている。どうせ死ぬ。どちらも死ぬ。全体の画調は灰色で極寒でありながら死に行く男達の姿を巧みにとらえている。あぁ玉砕の何たることか！　白旗はないのか白旗は！

（子供心でその絵を見て私は「日本の兵隊さん勝ちよるで、アメリカ兵が負けや、そやけどなんで玉砕してしもたんかなぁ。がんばろ、がんばろう勝つまでは必勝！」当時はこれくらいの考えしか持たなかったのだ。〝必勝〟の真の意味も判ってないのに！）

他の人々はその作品を評して「うまいこと描いとおんな！」とか「この絵描きはん、こんな危ない目におおてて、よう日本の本土に帰ってきはったなぁ」とか「日本人が西洋人に真っ正面でむこうてて、えらい目にあわしとうる。大喝采やなぁ」とか「どーれ……」と言うまま最後の五分間までその場から立ち去りがたい人もいる。私の父がそうであった。父は「ううむ……」と言いながら最後まで見続けていた。私の「お父さん、もう行こ」という言葉がけでやっと我に返った父である。

「お父さん、この絵の画家調べたか？　ボク書いといたからね」

「あぁ××××××いうねん。もう忘れへんからな」

二人は他の画家の展示してある場所に移動した。あとの絵画を観終わるまでにもう一時間かかった。

〈天王寺動物園〉

美術館を出てから気付いたことが二つある。一つは前にも述べたが今日の天気のよさだ。午後一時にもなるのに朝にも増して天気が良い。二つ目はお腹がすいたという事である。丁度目と鼻の先に動物園があることを知っていた私は、

「お父さん、ボクお腹空いたよ。そこに動物園あるからそこでおばあちゃんの弁当食べよ。なぁいいやろう」と言った。

「動物園ゆうたってな、ライオンもトラもおれへんで。みんな射ち殺されてしもたからな。象も河馬もや。銃殺やなかったら毒殺やな、どっちかや」

「ボク知ってるわ。空襲におおたら危ないのでやろ、人間が。けど羊とかロバはいてるやろ」

ということで、二人は動物園に入ってから適当なベンチを見つけて祖母の弁当の御馳走を戴く事になった。この頃の私は何を食べてもおいしさを感じた。その食べる速さも父が舌を巻くものであった。じゃがいもは自分の分を平らげてからも父の分までもう目で味わっているのを見て、

「お前早いなあ、お父さんの残り食べてしまわんかい」

と父のお許しをもらったので、私は残りのじゃがいもの上品な味付けをしてある二切れを惜し気もなく〝おなか〟に詰め込んでしまった。

「あぁおいしかった、おばあちゃんごちそうさん」

二人で食後のお茶を楽しんでいる時に父が言った。

「見てみ、あそこに猿山があるなぁ。行ってみよか」

「うん」

猿山の前は人で一杯だったが幸いにして父と私が入る分だけは空いていた。見るとペアで懸命に毛づくろいをしているのが二、三組はいた。彼等は大抵は親子である。親は真剣な表情で毛づくろいに取り組んでいる。その表情は人間のそれと寸分も変わらない。親猿は子猿の肌に何が異様がないかどうかを調べるのにそれこそ此れ以上もう真剣な表情はできぬ程の表情で頑張っている。他のペアもこのペアとまったく同様である。子猿は実に気持ちよさそうにしている。これは見ているだけでこっちが、私自身が気持ちがいいと思わせる不思議な現象だった（以上〝猿の毛づくろい〟の有様はこの時初めて知った。子供の視線で書こうとしたがこれ以上書けない）。

「もう行こうか」と父の声。

後で聞いたら二十分間私は〝猿の毛づくろい〟を懸命に学んだ事になることを父は腕時計を見せながら語った。

新世界という所を通って帰ったが道々開いている商店は皆無である。只映画館だけが仰々しい絵ぬりの看板がかけてある。『お馬は七十七万石』そういう主題の映画である。父がこれに興味があり「入ろうか」という言葉を半分期待もしていたが、何も言わなかったので二人で最寄りの市電の停留所にと歩いていた。途中私は父にこのように語った。

「ライオンとかトラが殺され、なんでほんまに空襲なんてあるんかなあ。今まで一回もそんな事なかったよ」

「お前考えがまだ甘いなあ、つい二年程前に山本長官が亡くなりはったやろう。山本さんは一流のアメリカの大学を出はった、いわばアメリカの事何でも知ってる長官や。ハワイ、マレー沖の戦果見てみ、大戦果や。この人一人いなくなればと思いつけてやったんやな。そのために何とかいう島の上空で戦死しはったんや。これからやでぇアメリカが今空襲を準備しとおる。あれだけ大きな国や。何でもできる。自動車も電話も電燈も蓄音機も他のもろもろも考え出したのはみなアメリカやでぇ」

大したものである。あの物言わずといわれてきた父がこの様に語るとは!

「……」と私。

ふと見上げると二月の陽光はまだ二人の頭上を照らしていた。以上が昭和十九年（一九四四年）の陽春の様に暖かい二月のある日曜日の父子の思い出話である。

〈疎開とその現実〉

昭和十九年（一九四四年）に入ってからも日本の軍隊の調子は最悪であった。諸々の戦地で全滅と大敗北と玉砕の悲報が私達の耳に入って来るのを防ぐことが出来なかった。暗い毎日が続いていた。それでも私達（子供達）は欲しい物は食べてなくても子供らしさは失わずに、未だに見えぬ敵国アメリカと英国に悪口を言いながらも毎日を過ごしていた。

この年私は三年生から四年生に成っていた。多分その事件があったのは四月になっていたころだった。ある日下校途中に医者の息子の永野君が私のそばに来て、彼にしたら元気のない声で曰く、

「ボクもう白井君とこうして歩くのん、これで最後や」

「びっくりするなぁ、なんでそんなこと言うのん」

「大正区役所の命令でな、立ち退けと言うねん。うちの家が建っているのん丁度真ん中や。隣の家かて左と右はうちと同じ目におおとぉる。空襲のために」

「そーんな、君のお父さんはどう言うてんの」

「父さん二回ほど役所と掛け合うてくれてんけどあかなんだ。この話区役所から言うて来たのんが一ヶ月程前や。それで今度の行く先は区役所のあしらいで××町でどうやという

事になり、そこに決めたんや。患者さんも一から開拓や。父さんそない言うてはったでぇ」

「そうか。えらい急やったなあ」

「そやねん、そやけど空襲てほんまにあるのん？　あれへんのとちがうか？」

ここで二月に美術館へ行った帰りの道で父の言った言葉を思い出した。〝お前考えがあまいなぁアメリカは空襲を今準備しとおるでぇ。あれだけ大きな国や。自動車も電燈も蓄音機も考え出したのはアメリカやでぇ〟という父の言葉を。私にしたらこの言葉を永野君に伝えたかったのに不思議に、その話は私の口には頭から降りて来ず代わりに、

「あれへん、あれへんでぇ、それ（空襲）より前に日本の正しさが判って戦争がなくなるのやでぇ。日本の正義が判別する迄もうちょっとやでぇ。あれへんでぇ空襲なんか」

「そ、やねぇあれへんなぁ。日本は正しい事しとおうんのに負ける筈がないなぁ。空襲もあれへんなぁ。ようーし、判った。父さんにその事言うとこ。白井君、ボクな今週いっぱい三軒家におれるねん。あとまだ四日間あるわ、その間白井君あんじょう頼むわ」

「あんじょう頼むはこっちの方の言う事や、よろしく」

二人とも「アハハ、アハハ……」で幕。

三軒家東国民（小学校）学校の正面玄関から歩いて直ぐに、南北に走る道路がある（あった）。いわばこの学校の花道であり、ここを通らなければ登下校が出来なかった。学校を出てこの道路を左側に入ると十二軒目あたりに、道の左側に永野医院の看板があった

のである。私は永野君にあの日に「さようなら」と言ってから毎日、彼の家がその後どうなっていくのか下校してから見るようになっていた。今日はあれから丁度十日になるが一時間目の授業が終わる頃、彼の家の方から〝ズシンズシン〟〝バリッバリッ〟という音が何回も何回も聞こえて来るのであった。私は彼の家を潰す解体屋さんが来て作業が始まったと思い、そっちの方に神経が行ってしまい授業の方はそっちのけだった。放課後私は待ってましたとばかりに現場に駆け出した。隣近所の人達だろうか十人ばかりが二、三組に分かれて立ち話をしている。その立ち話をしているすぐ先に永野医院があったが、昨日まであったあの医院がない。医院と同時にその左右の家も消えてなくなっていた。その空き地では、三角野球でもできるだけの広さだった。これで空襲が起こった場合に延焼が防げるんだそうだ。近所の人の話によると、この様な空き地が三軒家で数ヶ所出来たらしい。

私は永野君にあの様な結論で二人の会話を終えた事にある種の後悔の念を抱いていた。「空襲なんてあれへんで」という言葉を。帰る途中私は、

「アメリカ人の畜生め！」

「空襲なんか屁のカッパや！」

といった様な独り言を何回も繰り返して言うのであった。

この頃になると、日々の生活は窮乏を極めた。若い母親達は極めて貧しい食生活から母乳が不足し、この影響を受けた乳呑児達はやせて顔色も悪く、俗に言う栄養失調そのものの有様であったのだ。年上の子供達の顔色も最悪で目ばかりが大きくてぎょろぎょろとし

て瘠せていた。巷では〝疎開〟という言葉が聞かれるようになった（疎開とは戦災で都市の被害をより少なくするために予め建物または子供達をさらに安全な地方に移動させる事である）。では前述の永野君は〝疎開〟をしたのであろうか？　イエス、大正区役所のお陰で永野君一家は三軒家よりも安全な××町に移ったのだ。永野君の家屋に隣接した他の二、三の家屋も延焼を防止するための大きい犠牲になっているかもしれないのだ。何十軒という他の家々に延焼を免れさせたかどうかは神のみぞ知る事になるのだ。

〈集団避難〉

その後六月に入ってから私達は一年生から六年生迄、泉州の日根野まで集団避難するようにとその筋より命ぜられた。私は如何なる交通手段で当地まで行けたのか覚えていない。省線で行ったのかも知れないし、私鉄南海電車で行ったかもしれない。いずれにしても大阪より一時間半以上（昭和十九年当時）はかかる農村だ。そこは東に南河内の山並みが続き、西は海にも近い盆地で先頃植え終えたのであろう稲の苗が実に気持ちいい。ところどころ青々した部分が目に快く映るのは他の野菜であろうか。電車を降りてから目的地まで総勢でほぼ一千人に近い学童が列をなし、要所要所に先生たちが目を光らせている行列の光景は、常日頃は決して見る事の出来ないものだった。行列の進行中、これを遠くから農作業を止めて見入る人達。驚いたことにこれ等はみな女の人達だった。行列と同じ道を往き来する人達も女性だった。皆がモンペをはき、ズキンを腰に着け、手にはシャベルや鍬、或いは鎌を持っている。農作業に行く人や、終わって帰る人々だ。私は日頃見慣れぬ田舎の風景に感激もしたし、女手一つで農作業をこなしている事にびっくりもした（子供心にそんな感情を持てるかえ！　と言われそうだが、実にそうなのだから仕方がない）。

集団避難の学校あげての行列もその後十分程で終わりを告げた。何の事はない。最終のゴールは日根野国民学校だった。けれど、生徒はどうしているんであろうか。私等のために生徒は自宅待機？　屋外での軍事教練？　竹槍の稽古？　気になるなあ。

その後の事は全然覚えてないが、気を落ち着けて一寸でも覚えている限り書いてみよう。避難というが、一体何から避難したのかなあ。B29が空襲で大阪にやって来るという事前のニュースでもキャッチしたのであろうか。いや、そうではない。これはボク達が行く〝疎開〟の下準備や。ボク達が行く？　永野君が三軒家を去った日から〝疎開〟という言葉が引っ付いて離れないのだ。そこで一泊したのは確かだ。これは家族の者、とりわけこの避難に参加した賢二兄に聞けば判る事だ。この集団避難が、その筋による〝集団疎開〟の為のあれこれの下準備をするのであれば、それで良い。

いずれにしても空襲なしで集団避難という行事は終わったのである。帰路は如何なる手段で我が家にたどり着いたのかは不明。これは不思議だ。日根野に往く時も如何なる手段でこの地に来たのか全く覚えてない。他の事はかろうじて覚えているのに。

〈祖父と集団疎開〉

おじいちゃんは偉い。おじいちゃんは職人さんだ。おじいちゃんの職業は桶屋さんだ。大は風呂桶、行水用のタライ、洗濯用のタライ。中はおひつ、寿司桶、半切り桶。小は井戸用のつるべ、風呂用の手桶等々、その扱う種類は実に豊富だ。祖父はいろんな道具を持っている。先ずはノコギリ。これは大きいのは材木から、その用途に応じ切り落とすものから始まり、その材木がだんだんと製品に仕上がっていくその過程に要るすべてのノコギリが十種類以上。次にカンナ十種類以上。ノミ二十種類以上、カナヅチ五~六種、ヤスリ五~六種等々。そのような道具の点検を祖父は毎朝怠りなく続けていた。道具の点検が済むと新聞を読む。それも一面の記事の日本の軍隊の動向を仕事場で声を出して読むのである。

「わーがりーくぐんのーさんぼうはー（我が陸軍の参謀は）」という風に。聞きようによっては、日本の〝謡曲〟の様にも聞こえるから面白い。それが終わると、

「おじいさん、ご飯にしまひょ」と祖母が言うのが通例。

「お母ちゃんはここ」

祖父が母を丸い食卓の、自分の右隣に座らす。母はうつむいたままである。母の隣に芳

一兄で、賢二兄、それから私と、次に祖母。祖母はそこからあれこれ給仕の世話をするのであった。父は夜勤で帰りがいつも午前九時頃である。従って祖母は二回も父の食事の給仕の世話をするのであった。

「おばあさん、もう給仕はいらん」と父が言うと、

「一家の柱が何言うてんのや」と祖母はそのまま給仕を続けるのだ。

給仕をするといっても、この頃は御馳走らしい御馳走は何一つなかったのだ。でも父は食べ終わると「ごちそうさま」と言った。そして静かに箸を置くのであった。

話は変わるが、私が学校より連絡網通じて「明朝九時迄に参集」という指示を受けたのは夏休みの中程の八月の十日ごろだった。私は「集団疎開がとうとう私の処までやってきたな」と思った。案の定その通りだった。行く先は四国の徳島、行く日は九月十七日、帰る日は未定等々。希望者は一週間以内に学校に、この書面に保護者が署名押印せよと書いてある。毛利君は行くと言う。とにかく父に相談しようと思った。私自身は行くつもりだ。何故なら賢二兄が、こういう場合は〝行く〟と決めると父に前以て言った事があるのを私は知っていたからだ。

家に帰ると、賢二兄が父にもう話をしていた。

「敏夫、お前どないする、行くのか行けへんのか」

といきなりの父の質問にあっけにとられて、

「行くよ、行く行く」と私の返事。

「そうか、行くのか。それやったら準備せんといかんなぁ。二人分か、ああ辛度いなぁ」

と父。

私にしたら、もっと色々と疎開の話をしてから行くと言う返事をしたかったのに……。

「ちょっと待ってえな、お父さんな今急に眠とうてえ眠とうて……」

と言って、そのまま眠りこけてしまったのだ。賢二兄が、

「アカン！　敏しゃん、枕や枕や」

と言って、兄がそれまで使っていた座布団を二つ折りにして父の後頭部にあてがった。

「こないしとこ、お父さんだいぶ疲れてるねんなぁ」

「うん」と私。


無理もない話である。今考えてみると、父は政府によりタクシーという天職を取り上げられてしまい、文字通り油まみれになり西淀川の鉄工場で何かを作っている。何かというとそれは間違いなく軍需製品、武器のたぐいだ。陸、海、空の中の一つだろう。その時その時の軍部からの要求に応じて、せめて〝製品〟〝部品〟の名前ぐらいは教えてくれそうなものだが、上層部の指示でそれもかなわず時が過ぎ、早くも三年経ってしまったのだ。そんな父に、たまに「寝るな」「起きておけ」という方が間違っているのではないか。

祖母が居間に入ってきたので、今迄の事を言うと、

「二人共お父さんが夜勤やいう事を忘れたんか。あんじょう寝かしといたりーな」

「ああ、そないするわ」と賢二兄。

「ボクは只疎開に行くかどうかをお父さんに言うつもりやってんけどなぁ」と私。

「敏夫、お前どない言うたんや」

「行く、行くと……お父さん、そうか、それやったら準備せんといかんなぁと」

「……賢二の事はもう諦めてるねん。来年の春卒業やよって、けど敏夫までがなぁ……」

祖母はこの事態をここらで手を打ったらアカンと思いながら、

「よっしゃ、明後日まで待っとき、学校にゆうのん。ええな」

と言った。そのまま店に去ってしまった。


翌日の午後の事であった。珍しいお客さんが店にやって来た。なんと女子担当（四年三組）の森川和歌子先生ではないか。先生と祖母はすでに知り合いであった。背の高いモンペ姿のよく似合う先生であった。先ず祖母が驚いて「先生何でここに」と。「こんにちは。今日は白井さんに無理言おうと思ってやってきました」

と先生は打ち明けた。彼女は普段は風呂に入る時にはいつも木製の手桶（洗面器）を使っていたが、最近になり学校の指示により集団疎開で女子学童の受け持ちに決まってしまったので、例の手桶は家族がそのまま使うという事になり、先生は新しいのを買う事に

なった。

「白井さんの家の前を学校に行くのに通る時にガラス戸越しにおじいさんの手桶らしい物を作っていらっしゃるのを横目で見て、ああ、私もあんなにかわいい浴用の手桶を持っていたらどんなに心が落ち着くことかと思いながら、今日はおじゃまさせて戴きました」と森川先生。

祖母は恐縮して耳がすこぶる悪くなっている祖父に、話の要点だけを伝えるのに必死であった。現代風に言うならば、必死のパッチであった。

森川和歌子先生はやや満足していた。ここのおじいさんもやや満足であった。彼女は只、製品が何時仕上がり、何時〝日通〟の便で他の諸々の彼女の必需品と一緒に徳島に送れるかどうかの確認だけだった。

祖父はゆっくりと先生と祖母に返事をした。

「あの、先生。この手桶はね、二か所ワッパをはめるんですわ。ここところに全体を締める位置になる訳やけどね、先生の手桶を何で締めましょうか。竹のワッパか、アカの針金のワッパか」と。

先生はすぐに答えた。

「それはもう針金でお願いしますわ」

という事で先生の手桶の注文も仕上がりが八月三十一日におじいさんがしてくれたので、

やっと完成。祖母は通訳の大役から解放されて生き返った様な思いだったという。

「お宅は徳島に行くのが二人なので大変ですね」と森川先生。

「はあ？」と祖母。

「敏夫君は行かれないのですか？」

「へぇ、行ってもかめへんて言うてますけどなぁ。学校への返事は今週一杯という事ですけどなぁ」

「外部からこんな事を言うのはどうかと思いますが、いざという時の為に行かせてあげたらどうかと思いますけれど……今アメリカも必死になって空襲の事を考えているでしょうから……政府も小さな子供を疎開させるなんてこと、余程の事です」

「はあ、お父さんにも言うておきます。お父さんは軽く行ったらええと言うてるようです」

「そうですか、そしたらこれで失礼致します。さよなら。三十一日には品物を取りに伺います」

「さようなら」

と祖父母が同時に言った。二人共同じ調子で格好よく別れの挨拶をしたのは結婚後初めてだったのだ。

祖父は、先程の先生と祖母の会話の中身をはっきりと知りたく思い、次の質問をした。

「おばあさん、あの先生と交わしとった言葉の中でなぁ、敏夫君言うのと疎開言うのが、ワシよう聞こえたんやけど、この二つの言葉の説明をしてくれへんか」

で祖母は大声で、

「敏夫が徳島に疎開に行くとゆうのを私が反対してると思いはったんやろなぁ、今アメリカはんは空襲の事を考えてる最中や。そやからいざいう時の為になぁ、敏夫君を行かしてやって下さい」と。

「……敏夫が徳島へ疎開で行くてかぁ」

長い沈黙。祖父祖母とも黙ったままである。

翌日の午前九時頃である。賢二兄と私は学校から貰った書類を持ち、職員室に入ったのは。そこには毛利君と林君がもう来ていて、私の顔を見てニッコリと笑った。

第二部　集団疎開

〈集団疎開について〉

これらの文章は、軍国的施策が敗戦でもうすぐ終わろうという時に、国策として集団疎開というやり方で、私が単身で徳島県の片田舎（鴨島町）のお寺に滞在した時の出来事を思い出しては綴ったものである。あれから約八十年、私にとっては全く〝夢のよう〟である。

時代は、昭和十九年（一九四四年）の九月から翌年の九月までの約一年間、疎開者の年齢は国民学校（小学校）の三年生から六年生迄。一、二年生は、年の面から考えても体力的、精神的に無理との判断から除外されたのである。ちなみに私は十歳、国民学校の四年生であった。

大阪市の場合、各区ごとに目的地が決定された。西成区は確か和歌山県であったと聞く。大正区の三軒家東校の場合、集団疎開組は三十％、縁故疎開組は二十％、残る五十％はそのまま母校に居残った。六年生は来年卒業を控えており、扱いは別とならざるを得なかった。学年三、四、五年は一塊になって毎日のお寺の生活がうまく続けられるようにしなければならない。お寺は「持福寺」という真言宗に属するお寺で、お経は「般若心経」である。三、四、五年生が一塊というが、その男子の総数は五十か六十人であった様に思う。

そこへ二人の先生と二人の寮母が付く。受け持ちではなかったが、藤村先生（男、三十三歳位）と、川村先生（女、二十二〜三歳位）。各学年ごとにどうして一人先生が付かないのかと疑念が湧く。足りないのだ。頭数がどうしても。先生の。寮母さんのお二人のお名前は忘れてしまった。ごめんなさい。

すぐ隣の町、川島町の長楽寺に、私の次兄・賢二が行く事になっている。彼は六年生で、来春卒業である。彼とはケンカ仲間の兄弟であるが、私が鴨島に行く事になったのも、彼が川島に行く事になったからである。長兄・芳一はこの集団疎開に関係のない年齢である。彼は十三歳であると同時に、この地域では名門の泉尾工業学校の生徒であるという事だ。尚、この文章に使われる私に対する一人称だが、すべての時に拘わらず「ボク」という事にした。誤解のないようにお願いしたい。

あの戦争中の時代（今から約八十年前）には大阪から四国に渡る時にはまるで遠い外国へ出かける時のような雰囲気に成ったものだ。今は国民の一人一人が持っているといわれるスマホはない。これに代わる電話はあるにはあるがどういう訳かつながらない。戦争中の事ゆえ、空襲にそなえて連絡船は夜にしか運航はせぬ。自動車はない。今のような立派な橋がない。右記の様な時代に生きた人間としてボク達を理解していただければ幸いである。

〈いでたち〉

祖母と賢二兄はもう出たらしい。学校から指示されたものはもう持った。水筒はもう肩にかけた。賢二兄は、それこそものの五分程前にボクを置いて先に出たばっかりだ。ちょっと待ってくれたらいいのに。おじいちゃんがいとるなあ、お母ちゃんもそこにいてるなあ、そんなら……。

「お母ちゃん、もうボク行ってくるわ」

「敏夫！　もう行ってしまうんか、気ィつけや、風邪引かんようにな……」

お母ちゃんが確かに言った。ワァーイ、お母ちゃんがモノを言った。ボクは「敏夫！」と、いわゆる「！（ビックリマーク）」を付けて書いたが、その声は「！」を書かんならん程大きな声ではなしに、むしろ出来るだけ小さい声で言っているように聞こえた。「！」を付けたのは、一重にボク自身の実の心情を表しているのだ。

「お母ちゃんかて気を付けてなぁ」

ボクはもうそれだけ言うのに精一杯だった。

「さようなら」

二人ともそう言って、ボクは新しい運動靴を履きながら店に出た。祖父は朝から忙しいらしく、ある木材に中腰で、夢中でカンナ掛けをしていた。

「敏夫か、おじいちゃんな、もう今日は忙しいてなあ。ゆっくりあんた等に別れの挨拶も……でけへん」

と言いながら、仕事場から立ち上がり、土間に降りて来た。祖父は、子どもにはこういう場合には必ず「ハグ」をするのが習慣になっていた。

「賢二にも言うたんやけどなあ、いやになったら先生に事情を言うて、いつでも帰ってきてもええねんで」

「そうするわ、おじいちゃんも気ィ付けて仕事してや」

と、ボクはかなり大声で言った。祖父が「ハグ」をしている間に、彼の作業着から木材の〝香り〟が鼻穴に快く侵入してきた。これは杉の〝香り〟だと瞬時に思った。ボクが今しがたあった事（母がはっきりモノを言った事）を、祖父に言っておこうかと考えたが止めた。何故なら近頃祖父は耳が極めて悪くなり、それを受け止めて祖父の心に安心感を与える迄には、相当長い時間がかかるなあと思ったからだ。

「それでは行っといで。風邪引かん様にな」

「うん、行ってくるわ」

と言って家の前に二人は出た。

「さようなら」

と同時に言って別れた。別れたといってもボクが「うどん屋」の角を左に曲がる迄、祖父は何があってもたじろぎもしないぞという格好でボクを見送ってくれた。おじいちゃん、ありがとう。本当にありがとう。

ボクは祖父が「いつでも帰ってきてええねんで」と言うた時、ほんまは「先生にそんな事が言えるかいな！」と言いたかった。でもボクは「そうするわ」と言うてしもうた。疎開組が学校に集まる時間が時間やったせいもある。おじいちゃんの耳が極めて聞こえんかったせいもある。ごめんね。ごめんね。

学校では、賢二兄が前の列からボクを見つけてニコッとした。ボクも負けじとニコッとした。戦争が終わるまで兄弟でケンカも出来へんなぁと互いに思い合ったに違いなかった。果たして母は、賢二兄にもモノを言ったのだろうか。この一点のみがボクがその時に気にすることであったのだ。

祖母は学校の保護者会に入っているので二人の孫の見送りが出来るのであった。昨晩祖母は、孫二人の服装、頭巾、ハンカチ、鼻紙等を点検し、二人に明朝八時には学校に行くようにと告げた。祖母は八時に三軒家の交差点で、待合の人達と一緒に市電で大阪駅へ、徳島に疎開するボク等を見送るべく、家を七時半に出てしまっていた。

父は夜勤なので、九時ごろには帰宅予定だ。昨日父と賢二兄とボクとで、「ダイヤモン

ドゲーム」をしたが、ボクは何回やっても勝つ事ができなかった。常にビリだった。口惜しさ半分で、

「四国から帰ったらなぁ、今度は二人ともボロボロにやっつけたるからね。首を洗って待っとけや」

とボクが言うと、

「ほう、四国から帰った時やなんて、一年先か、二年先かいな」と父が言った。

「そんなにかかってへんて、半年先や」とボク。

「お前、六年生と一緒に帰ろと思ってるやろ」と賢二兄。

「そーや。それ迄に日本は戦争に勝つもん」と父が言う。

「ま、それやな。半年先やな。お前と勝負するのん」

こうした会話をしながら、父はボク達と別れの言葉を交わし、仕事に行ってしまった。

「ではこれから出発する」

と藤村先生のやや張り詰めた声。ボク達は市電で大阪駅に向かった。一九四四年九月十七日、大正区の総勢約七百名が集合場所大阪駅のコンコースに十一時頃に集まった。それぞれの親達が思い思いの顔付きで列車を待っている間に『蛍の光』を歌い出した。何の楽器の伴奏もなかったけれど、そこには親達の熱意がこもっているようだった。その殆どは母親である。父親は出征して流弾うなる外地で敵と戦っているか、軍需工場で汗水をたら

しているか、病で自宅か或いは病院で伏せっているかの何れかである。

親達が歌い上げた不揃いな、しかし熱意のこもった『蛍の光』を最後の別れの贈り物として学童の列に捧げた。そしてそれぞれに、ある意味で最後の一言を学童と交わすべく親達はその列に歩みを進めた。ボクは祖母の居場所がすぐわかったので「おばあちゃん」と呼ぶと、祖母はボクに目配せをしてから違う列の六年生の賢二兄の処に行った。三、四分してから祖母はボクの真前に来た。

「敏夫、先ずは兄の方からやと思ってなぁ。堪忍してや。これ、昨晩作った〝蒸しパン〟やねん」

中に本物の小豆のアンが入っている。外は小麦粉と何かの粉とを混ぜ合わしたモンと、それに膨らし粉と砂糖を加えたモンで、これがいわゆる食材であり、これを「蒸し器」で定められた時間蒸す。この時間をきっちり守ることが難しい。これが祖母流の特殊な味付けである。他のなにさんでもない、「白井のおばあさんの味」なのである。

「仲良くしてるお友達と一緒になぁ、食べなはれ。汽車の中でもなぁ。そやから一個ずつの寸法をちょっと小さくしてまっせ。」

とかなり大きな重たい茶色の紙包をボクに手渡す。

この時毛利君や林君、井上君達が、白井君に何が起こったんかいなぁと思う目付きでボクを見ている事に気付いたので、例の〝母の話〟を祖母に伝えようとする意志がなえてしまうのを感じた。でもボクは言ったよ。小さい声であるが、

「おかあちゃんがなぁ、モノを言うたよ。『もう行ってしまうんか、風邪引かんように……さようなら』と、はっきり」

ボクが何を言い出すのかと祖母は一瞬考えたが次の一瞬で、

「そうか、そうか。そらよかったなぁ、『風邪引かんように』てか。お母ちゃんはそれだけ敏夫や賢二らを心配してるんやな。この頃の世間の動きもよう判っているなぁ。敏夫、よう言ってくれた。おばあちゃん、お母ちゃんの事あんじょう面倒みるさかいな。安心して疎開の生活を楽しんできてぇな。お父さんにもおじいちゃんにも芳一の兄ちゃんにも言うとくさかいになぁ」

言うてよかった。ボクは毛利君、林君、井上君がこちらを見て心持ち笑っているように見えた。その笑いもボク達は、これからの幾多の苦難を抱え込む集団疎開の生活に挑戦するぞーという不敵な笑いにも取れた。ボクは祖母に「ありがとう、おおきに」を繰り返しながら、

「日本が勝つまで、必死でがんばるからね」と結んだ。

やがて七百人は車中の人となった。ボクは七百人中の一人になり、祖母には車窓から手を振り、別れの挨拶を交わした。ボクは賢二兄が母親とどんなセリフを交わしたのか、交

わさなかったのかを知らねばならない。賢二兄はどの車両でどこの席だろうか。いいよ、ボクが即刻調べてやるから。

〈臨時列車にて〉

この列車で岡山県の宇野という所まで行く。そこから連絡船に乗り、香川県の高松に行く。そこから汽車で徳島に行き、徳島から鴨島へ行く。ボクは見知らぬ処に行く事がそれほど怖いとは思わなかった。ボクはやがて満で八十八歳になろうとしているが、十歳の時の心理心情なんて誰に判って欲しいなんていうものであろうか（アナタやがな！）。

若し擬人法が許されるとするならば、この臨時列車は常時運びなれている軍人達、武器弾楽やその他の軍需物資を運ぶよりこの子等を無事に目的地に送り届ける方が余程人間的でやりがいがある仕事だと思ったに違いない。七百名の子供達が列車の中に居ることが賑やかであるが、それは決して喧しくはない。大半は車窓の外を眺めている。あるグループは何は今までそうであった家庭の事情を語り、あるグループは友達を語り、あるグループは何処かの海で我が日本軍の戦闘機が敵の艦船を如何にして沈めたかを、さも得意げに身振り手振りよろしく語り、あるグループは誰も何も語らず、ただ延々と続く残暑の瀬戸の内海を見つめているだけである。臨時列車は黒煙を吐きながら播州平野を西へ西へと走っていく。姫路で学校で用意された昼食のおにぎりを食べる。

あくる朝の六時頃だったように思う。宇野から連絡船に乗り高松に出て、それから汽車で徳島に着くまでには大半の学童等は眠りこけてしまっていた。慌てた先生達は子供等を起こしにかかっていた。残念ながらボクも眠りこけた内の一人だった。

「白井、中浜、毛利」

と川村先生が大声でボクと二、三人の同席していた友達を呼んでいた（当時は女性の先生であっても生徒を白井、中浜、毛利と〝君〟〝さん〟をつけずに呼び捨てるのが普通だった）。ボクはもう鴨島かと思い慌てて隣の席の毛利君に、

「オイ、もう鴨島やでぇ」と言ったら先生が、

「いーえ、未だよーう、ここで汽車乗り換えよ。悪いがみんな起きて頂だい。さっさとしなかったら置いていくわよ」

川村先生はボク達と同じ車両でまだぐずついている子供達の為に三、四か所で、

「……置いていくわよ」

と大声で注意せざるを得なかった。他車両を含めて七百名の疎開学童全員が次の最終の臨時列車に乗り込むまでにもう十分かかった。

ボク達の降りたホームの反対の番線にその最終の臨時列車が入ってきた。なーるほど、貧しく不便な農村に行き来する為かオンボロの客車と機関車C型が使われている。ボク達はかまわないぜ、何故なら〝ゼイタクは敵だ〟〝ほしがりません、勝つまでは〟だからだ。

ボクは中浜君、井上君、毛利君達とまた一緒になった。例の二人ずつの向かい合わせに座る四人掛けの座席である。ボクの隣は窓側に座る毛利君。同君とは既に旧知の間柄である。彼の家の職業は「染めもの業」である。

去年の春だったかな、彼の家で宿題を一緒にやろうという事になり、それも終わった時に彼のお母さんが〝六方焼〟という名前のお菓子を出して下さった。毛利君と私の分がそれぞれ小皿に五個ずつ盛られている。中にアンコが入った一辺が三センチ程の正方形の濃い黄色の和菓子である。これが実に甘くっておいしい。この戦争も三年目にもなると、統制で甘い物が不足し、ボク達は甘いという感覚も忘れがちになってしまっていた。

「甘くっておいしいな、も一つよばれようかなぁ」とボク。

「何言うてんねんな白井君、出された御馳走はなぁ、全部食べてしまわんと出してくれた人が気ィ悪くするでぇ、ほんまに」と毛利君。

「ほんならよばれよっと」

と、ボクは二つ目を取って口へ入れた。甘いおいしいという感覚が一つ目よりさらに強くボクの舌に伝わった。さらに三つ目、四つ目、五つ目これで全部食べた事になる。完食！　エピソード完成。毛利君は四つ目が無理だった。

ここで思った。

「そうだ、祖母の蒸しパンをみんなに！」

ボクは思うが早いか、もう行動にかかっていた。まずは身近な毛利、中浜、井上の諸君に二個ずつ、続いて反対側の四人の諸君にも二個ずつ上げた。みんなは初めのうちは不思議そうに蒸しパンを見つめていたが毛利君が、

「これはなぁ、白井君のおばあさんが僕等に食べさそうと思うて昨日の夜作りはったパンや。みんなお腹すいてるやろ、早よ食べよ」

とささやくように言うと、反対側の窓際に座っていた友達が、

「早よ食べよ、先生の来んまに」

と毛利君のよりさらに小さい声でささやいた。ボクは、

「これ、うまいわ」

「甘い、おいしいわ」

というようなささやきが、五、六人の口から洩れるのを耳にした。後は何も語らず、只口の中へ「今大したモンを入れてるねんで」という表情でボクを見つめるだけである。一個の寸法を小さくしてくれたのがよかった。十歳のボクが手で握れる位の大きさに祖母がしたからだ。ボクはある満足感を感じていた。それは決して人に言えるモノではなかったのかも知れない。

徳島を出発してから七つ目の駅が鴨島である。もう三駅通過した。賢二兄に聞かねばな

らないのだ。ボクは手洗いに行くと毛利君に言ってから、兄の車両に足を運んだ。案外早く兄を見つけた。ボクは賢二兄に手洗い（トイレは敵国語のため使用禁止）の近くのデッキに来てくれるように、身振り手振りで頼んだ。賢二兄は難なくそれに従ってデッキに来た。

「あのなぁ、昨日の朝家を出る時にお母ちゃんに〝もう行って来るわ〟とゆうたらなぁ、〝敏夫、もう行ってしまうんか、気ぃつけや、風邪引かんようになぁ〟と言いはってん。それでな、兄貴はどうやってん？　そんなことをお母ちゃんが言うたかどうか」と息もつかずににボクが言った。

これに対し賢二兄は、

「そうやったんか、ボクが家を出る時なぁ、お母ちゃんそれまでと同じ格好で座ってはったからな、そんな時あんまりモノ言わん方がいいやろと思ってな、そのままおじいちゃんに挨拶しようと思ってな、店の方に出たんや」

「あ、そうやったんかいな。それやったらそれでえーねんけどなぁ。兄貴にもボクと同じようにお母ちゃんがモノ言うてはったんやったらなぁ、それだけでええかんじやろう。一家にとっても白井家にとっても」とボクが答えた。

「一家にとっても白井家にとっても……か。お前新しい言葉を覚えたなぁ。ああ、いけんいけん。先生が呼んではる。それだけか、お前の言う事は」と賢二兄。

「ああ、それだけやでぇ。ところで川島駅ゆうたら鴨島駅の幾つ向こうや？」

「二つ目や、西麻植やろう、次が川島や……敏しゃん、元気でおれよッ」

「ああ」

「さようなら」と賢二兄。

「三月になったら家でお父さんと三人で又ダイヤモンドゲームしような……さよなら」とボク。


ボクが座席に戻ると鴨島駅まであと二駅目になっていた。ボクが着席する寸前で毛利君が声をひそめて「さっきはどうも」と言った。すると反対側の四人も、こちら側の井上君、中浜君も軽く頭を下げた。ボクは只照れていた。只々照れていた（牛の島駅か？　もう二つ目の駅やなぁ、鴨島は）。ボクは、おじいさんが言った「いつでも帰ってきてえーねんで」という言葉を思い出し、涙が出そうになった。だがボクは泣かなかった。

〈みんなの吹奏楽団〉

鴨島に着いたと思ったとたんに、車外で軽快な音楽を奏でているのをボク達は聞いた。曲は確かに行進曲だ。愛国行進曲……日の丸……軍艦……いや違うな。では君が代……そうや、それや。君が代行進曲や。先生に促されて車外へ出ると、プラットホームで見るからに凛とした四十歳ぐらいの紳士が霜降りの服を着こなし、手に指揮棒を持ち、そして君が代行進曲を指揮しているではないか。その指揮者の前には十四、五名の、年齢がどう見ても二十歳位の青年達がそれぞれに得意の楽器を持って、実に器用に演奏しているのだ。ボクは青年達の手にしている一つ一つの楽器の名前が判らない。判らないけど面白い。そこには人の心を引き付ける何かがあると感じた。実際に鴨島で降りた疎開学童約百二十名のうち大半がその演奏が終わると大きな拍手をしたのだった。何だろう、このこころの高ぶりは。ボクは更に大人に成り、更に更に大人に成って、ベートーヴェンの第九を初めて聞いた時と同じ心の高ぶりを感じていた。質は違うものだが同じ高さの高ぶりだった。

この沿線では、鴨島―川島―学―穴吹―貞光―池田と、大正区の疎開地は続く。鴨島は一番目故に特に役所か学校が気を使い、この様な吹奏楽団を用意できたのではあるまいか。きっとそうだ。

汽車は鴨島駅には特に停車時間が長くて、この分だと賢二兄達もこの吹奏楽を車両から楽しむ事が出来た筈だ。少なくとも七、八分間は停車していたに違いない。
「賢二兄よ、さらばじゃ！　その内にきっと会いに行くからなぁ」と独り言。

君が代行進曲も終わり、いよいよ持福寺、ボク達の新しい住家への行進曲だ。楽団員諸兄が今度は『勝利の日まで』を演奏し始めた。歩きながらの演奏を生で初めて見ただけに、その上サトウハチローの歌詞を最近どうにか覚えただけに、ボクの気分は上々だった。

例の見るからに「凛とした四十歳位の紳士」は、今度は演奏者十数名の前で歩きながら指揮棒を振る訳にもいかず、只『勝利の日まで』を楽器の演奏に合わせて口ずさみながら列の先頭に立ち、疎開学童をお寺への道の案内役になったのである。駅から出発して二十分頃にお寺の境内に到着する。ここ持福寺で、男子ばかりの約六十名が寝起きを共にする。後は女子の約六十名がここ持福寺から十二、三分離れた処にある報恩寺にて寝起きをともにするという訳である。当時はもちろん男子と女子は悲しいほど別々であった。

指揮者さん（タケダさんと誰かが呼んでいたようだ）は列の前に立ち、男子のみんなに敬礼で挨拶をした。青年達は一斉に立ち上がって、さあ報恩寺へ行進だ。六十名の女子は最後の行進とあって、見た目は元気に青年に従った。楽団最後の曲は、なんと『ふるさと』であったと記憶している（あの♪うさぎ追いし　かの山～という……）。

ここで「凛とした紳士」のボク流の彼の職業上の空想的な解釈をしてみよう。一九一八年（大正七年）の六月一日に、徳島の鳴門市の坂東捕虜収容所にいたドイツ人達が演奏したベートーヴェンの第九交響曲があった。それは、どの程度の規模で演奏されたものかは知る由もないが、とにかく全曲である。第一楽章から第四楽章までを完全にやり上げたのである。さらにはこの演奏会自体が、日本でのベートーヴェンの第九の第一番目の演奏会だったのである。ボクはこの事実をごく最近まで知らなかった。齢八十歳を過ぎてから知る事ができた。

例の「凛とした四十歳位の紳士」が、年若くしてこの演奏会に出席、その中身に感激して大いに啓蒙されて音楽の道を選んだ、というのがボクのあの紳士（タケダ氏）に関わるとんでもない空想である。徳島県に於いては鳴門と鴨島は距離的にも近いから、ボクのような単純な空想も有りではないか。ちなみにタケダさんは生きていらっしゃれば百二十歳位か。

〈集団生活のはじまり〉

朝飯は地元の婦人会の協力で九時に全員が終了した。婦人会の方々はモンペ姿で六、七人が給仕の為に頑張ってくれていた。

藤村先生の指示でこれからの毎日を過ごす為の洗面所、便所等を見るように、その後はおなじみの〝日通〟から配達されてきた各自の行李の中身を点検する様にとの通達あり。ボク達もそれに従って行動する。

毛利君達と一緒に靴を履き、寺の本堂の外に出た。ごく最近ボク達の為に建てたのであろうバラックの中身は男子用の小便所。向かい側が大便所。全部で八つに仕切られている。ただ横の両面が厚みのうすい杉板なので音が外に洩れるが、この戦争の時代に贅沢は言わないでおこう。一番奥が洗面所である。洗面所は大便所側と小便所側に各五ヶ所に蛇口のある洗面場が設置されており、都合十箇所におかれている。これで思う存分洗濯ができるなあと毛利君は喜んだ。このバラックは両面から出入り出来るように作られているので便利だ。このバラックの敷地の面積を差し引いてもまだまだ広い持福寺の境内である。その広い境内を利用してボク達の運動場に使うと丁度いい。騎馬戦なんかはどうかな。

上にあがると先程の食卓に使われていた木机はすっかり片付けられており今度は〝日

通〟が配送したボク達の行李が、広い三十畳程の座敷に三十箇おいてある。言い忘れたがボク等の使っているこの部屋は、本堂の左側にあり、右側にここと類似形の部屋がある事と、そこにも三十箇の行李があるということだ。

ボクは先ず行李の中身を調べた。三軒家の家にまだ居る時にその中身を父が一点ずつメモに書いてあるのを左手に持って点検したが何一つ足りないものはなかった。これから秋冬にかけての衣類が一杯詰めてあり、その他文房具一式、茶碗、箸類、そしてダイヤモンドゲームや愛国百人一首まで出てきた。他のみんなは黙々と自分のこれからの持ち物を丹念に調べている。二十分程で他のみんなの荷物に異常はなかったのでそれを藤村先生に五年生の〝誰か君〟がその旨を報告に行った。先生及び寮母さんも自分たちの私物の点検に忙しいらしく、ボク達は正午まで休憩という事に相成った。その様に〝誰か君〟がボク達に告げた。

中浜君、栗山君、八木君等は眠りが必要とか言ってそのままの恰好で寝てしまった。ボクと林君、毛利君の三人は持福寺と寺の周りの外側を見学するという事でこれは先生の許可を得て実現。関谷君と荒井君は家に手紙を書くそうだし、松下君、井上君の二人は将棋をすると言っている。三年、五年生の諸君も同じような事をしているんじゃないかな。三年生の何人かは寺の後ろの墓場にいたし、五年生の二人は将棋をしていた。手紙を書くという五年生も二人はいたようだ。

田舎の夜は静まり返っていた。ボク等は午後九時になるともう布団を敷いて表面は寝ていた。毛利君はボクの左側で、井上君は右側だった。それから五分程たった頃、ボクはそれこそ小声で、

「毛利君、起きてるか」と聞くと、

「あぁ」の答。

「ボク寝られへんわ、興奮してんねんなァ」

「あぁ」と毛利君。

ボクは初めて海を渡って徳島に来て親元を離れての生活になじむように、今日第一歩を踏み出した。その事については両親も祖父母も芳一兄も「敏っしゃん、やったなぁ」と喜んでくれるに違いないと思った。毛利君の両親はどう捉えられてるのかなぁ。

「君の両親は今頃どう思ってはるやろなぁ」とボクのささやき。

「……」と毛利君。

「毛利君」とボクの二回目のささやき。毛利君は、

「……」

「疲れてるねんな。おやすみ」

と心の中でそう言ってボクは目を閉じた。

ボクは我が政府が掲げた堂々たる正義にアメリカがとうとう負けてしまったために、ボ

ク達は堂々と家に帰り先ず母が「おめでとう、おかえり」と言い、それからダイヤモンドゲームでワイワイと騒いでいる自分の姿を想像したのである。

〈荒井君と彼のお母さん〉

鴨島町に来てから一ヶ月程経ったある日の午後、荒井君が、

「白井君、君に逢わせたい人がおるねん。これから三時間ほど付き合うてくれへんか」

とボクに頼みに来た。

「それはいいねんけどなぁ。川村先生の許可をもらわんとなぁ。君の分はくれはるやろうけど僕の分もくれはるかどうかわかれへんでぇ」とボク。

「うん、わかった」

と彼は言って弾むように先生の部屋まで行き、しばらくするとニコニコしながら戻ってきた。

二人は十五分ほど歩いた。道々ボクは二、三回聞いた。

「どこへ行くねん、誰と会うねん？」

その都度荒井君はニッコリと笑って「今にわかるわ」と言うだけ。

やがて二人は、こじんまりした林の中の一軒家に着いた。

「こんにちは」

と彼がごく普通の声で言うと待っとったようにガラス戸を開け、

「いらっしゃい。あぁ、白井君」と女の人の声。

よく見ると彼のお母さん。

「おばさん、何でここに？」

ということになり上にあがって二人〝打ち明け話〟を聞かされるはめになってしまった。

ここで荒井君とボクの関係を少し述べてみようと思う。彼は滅多にモノを言うことのない寡黙の人だった。ボクは彼に「おはよう」とこれまで一学期に二回言ったが二回とも返事がなかったので腹立たしく思いながらも一学期は辛抱できた。今思えばボクの好きなコスモスの花が満開の頃だった。十一月の初旬であるボクは近所の学友二、三人で下校の道をたどっていた。するとものの二十メートルに荒井君が一人で家路をたどっているのであった。よく見ると〝遺族の家〟に入って左側の三軒目の家に彼が入っていく。そうかここが彼の家か。よく見ると〝石の路地〟との表示が〝荒井〟との表札の横に貼ってある。

「ハハーン彼もお父さんが戦死されているのか、今まで色々と苦労してるやろうなぁ」

ボクは今まで腹立たしく思っていた自分が〝情けない人間やなぁ〟と気づいたのである。

翌日彼を見るとボクは、

「荒井君、君は〝石の路地〟に住んでいるんやね」と言うと、

「ハハーン、僕も白井君等につけられてると思っとったわ。ハッハッハ」との答え。

何ということはない彼は寡黙じゃない。結構モノが言えるではないか。ボクは一、二回ある事で人は判断すべきではないとこの時真剣に思った。とこれが荒井君との関わりの始

まりなのだ。この「ハッハッハ発言」以降はどちらともなくモノを言うようになった。

そのうちボクは〝石の路地〟の彼の家を月に一回は訪れるようになっていた。おばさんから直接聞いた話だが彼が四歳の時にお父さんが戦死された。彼は文字通りの一人息子でありお母さんとは仲良く母と子のナリアイをつくして来たんだなぁと思った。が、しかし、今回学校からもたらされた集団疎開の話である。お母さんは悩んだ。これ以上もう悩むことがないと思うほどに悩んだ。よしもうこれ以上悩んでも仕方がない。息子を集団疎開させよう。私も疎開しよう。息子を集団組にするのかは私が鴨島へ行った時に息子と一緒に決めようと。


今になって思うが集団疎開の始まる半月前におばさんは鴨島に行き如何なる魔法を使ったのであろうか、母親思いの少年とこの子を守り育てて行く自分のため、この二人にふさわしいこじんまりした一軒家の新居（炊事場、六畳一間）を見つけ、その農業の家主に事情を説明し家賃を払いそしてボク達を迎え入れてくれたおばさん。おばさんには七十八年たった今でも深く感動する。荒井君はその場では余りこの事について応答はしなかった。というよりおばさん（お母さん）とボクのやり取りでボクに合点が得られただろうと思ったに違いない。

おばさんは昨晩より〝おはぎ〟を作るのに大わらわだった。

「さぁお二人さん、これお食べ、おなか空いているやろう」

「うん、おおきに白井君食べよ」

「おおきに」

　と言ってボクは早速食べ始めた。あまい、うまい、おいしい、そんな言葉しか浮かんでこない、素晴らしい味の〝おはぎ〟だった。十歳の子供に如何なるほかの言葉が出てこようか。四つ目としばらく考えたがさすがにお寺で夕食を取ることを想像して止めた。ボクは子どもらしいお礼を言っておばさんに別れを告げる。

「またいらっしゃいよ、一人で来てもいいよ」

　とおばさんは言った。

　ボクは改めて見た、入り口の戸の上に表札〝荒井〟の横に〝遺族の家〟という表示が貼ってあるのを。

　帰り道で荒井君が、

「白井君、歌唄えへんか？」

「ええよ、何歌う」

「あ、あれ、あれ、誰か故郷を思わざる」

「ええよ」

　♪はなつむ　のべに　ひはおちてー♪

　荒井君は年末の二十六日迄、持福寺におったが、それ以降は縁故疎開に変わりお母さんと一緒に暮らすようになった。

〈一本のイチョウの木〉

大正区の三軒家の南東の方角に、八坂神社の支社がある。その神社はちょっとした小高い丘の上に建てられている。むろん社務所、神殿、絵馬堂、手や口を清めたりする所（いわゆる手水舎）、神輿なんかを保管する倉庫などがある、ちょっとした三軒家の八坂さんである。そこの境内に一本のイチョウの木が天を仰ぐようにして神殿の五十メートルほど手前の右側に立っている。他の樹木の背が低い事もあり、そのイチョウの木が一段と立派で威厳のある木に見えたのである（ボクのような十歳の子供でも〝そうだ〟と解る様に）。

ボクが年毎にその木に興味を抱くようになったのは、幹が根元で直径一メートル以上もあり、高さも十メートル以上はあるからである。このような諸点で樹齢二百年は経っているに違いないと思ったのだ。大正区にはこれほど堂々と威厳のある木は、この木以外にあるまいと思ったのである。

以上が疎開で徳島に行く迄の八坂さんのイチョウの木の、〝ボクにまつわる話〟である。

一九四五年（昭和二十年）三月十三日の大阪大空襲で悲しい事だが社務所を始め、神殿、神楽殿、絵馬堂等とともに、ボクが誰より好きになっていたあの木、イチョウの木も焼夷弾で真っ黒けになり、やられてしまったのだ。

日本の家屋は木と紙ばかりで出来ているのでよく燃えるだろうという理屈で、アメリカの大統領であるルーズベルト氏がボクの家はさておき、あの神聖な八坂さんでも構わないから焼いてしまえ、燃やしてしまえと命令したのであろうか！　いわんや山本司令長官のやり遂げたあの真珠湾攻撃に対するお返しであろうか！　真珠湾の死者は、約二千余人が米国海軍の軍人であった。それに対しルーズベルト氏の東京と大阪の大空襲は善良な市民約十二万人にむごい死をもたらした（あかん、やめとこ、これはこの場で言う話やない）。

　この世に生を受けてから初詣り、年齢三、四歳頃からの冬はお正月に少なくとも三回、夏はお祭りに少なくとも二回、その他十一月には七五三詣り、それから隣近所で若者が赤紙を手にし悲愴な表情で八坂さんの前で〝武運長久〟の誓いを交わす事とか、同じく近隣で満州開拓義勇民として渡満する若者が八坂さんに現地での農業の〝成功〟のために祈る事等が、ボクがこの神社に足を運んだ回数である。よく数えると計五十回にもなる。

　その上〝あそび〟も入ると計七十回は行っているんではないかな。ボク達はよく近所の悪ガキを集めて、それが五、六人も集まると待っていたように、やれ鬼ごっこ、かくれん坊、ケンパ、胴馬のり、だるまさんがころんだ等のいわば他愛のない〝あそび〟をしたもんだ。日が暮れかけてもそんな他愛のない〝あそび〟をしていると、社務所の方から神主さんとおぼしきおじさんが、

「オイ、お前たち、もう帰ったらどうや、ここの神様ももう休みはる準備してはるねんでぇ。又明日や」

と言ってボク達の〝あそび〟の幕を引いて下さる。そんな事も一度や二度ではなかったのだ。

そんなボクの他愛のない遊びも、真剣な祈りも、一段と高い処から見ていたあのイチョウの木。ケンパでボクがズルをした時もあの木は見つめていたよ。神殿でボクが他の人々が懸命に〝武運長久〟を、出征する若者のためにお祈りしている時にオシッコをしたくなり、その場を離れた事もあのイチョウの木は知っていたよ。

戦後ボクが集団疎開を終えて、すぐに尾張で賢二兄が、

「三軒家の八坂神社が空襲で神殿も社務所も焼けてしもた。お前のよく言うてたあのイチョウの木ぃもなぁ」

と言った時、ボクは本当に驚いたよ。

「へぇ、あの堂々としたイチョウの木がかいな……？」

ボクは二の句が継げなくて、しばらく茫然としていた。賢二兄はボクとその木との特殊な関係（実際はボクのあの木に対するその時々に自分自身の心情を述べたまでの事）をつゆ知らず、自分の体験した空襲の話を続けるのであった。ボクは「うーん、うーん」と空返事をするばかりであった。

あれから（空襲から）三、四年か経ってから、ボクはあの木がまだ生きていて新芽を出しているという事を、新聞で読んだのだ。何という生命力であろうか。ボクの昔からモッ

トーにしている〝生命力〟がここで出てきた。広島でも似たケースがあった。永いこと原爆により諦めて放置した街路樹が新芽を吹き出したという事をこれもまた新聞で読んだ。片方はアメリカの焼夷弾による、もう片方はアメリカの原子爆弾によるものである。

ここでボクが今になって後悔するのは、賢二兄から、

「八坂神社と例のイチョウの木も焼けてしもてん」

という言葉を聞きながら、その後のこの身が一度も訪れた事はない三軒家の八坂さん。あれから七十八年の間に一度もお参りせず、新芽を吹き出したと報じられたあのイチョウの木にも未だ〝あいさつ〟にも行っていない。

三軒家にも社用私用で数回行ったが、どういう加減か神社への方角には未だ足が向いていない。今更にクドクドと言い訳がましい事を言うのは止めよう。それよりは今度の連休日に息子が来るので、彼の車に乗せて貰い三軒家の八坂さん・イチョウの木さんに行ってもらおうかな（ボクは足が不自由）。齢八十八歳でやっと日頃の懇願が叶うのかな。神前はともかくイチョウの木さんには何と（独り言）言おうかなぁ？

「イチョウの木さん、ボクのこと覚えてるぅ。お会いするのは七十八年ぶりですね。あなたは生命力一杯で強いですね」

とでも言おうかな……。

以上が、〝イチョウの木の話〟その一である。

　ボクは鴨島に来てから〝秋〟がこんなにも素晴らしいものだという事を初めて知った。時節は十月の半ばであり、ちょうど土曜日なので学校は半ドンでお昼でお終い。ボク達は川村先生の引率で学校から宿舎（持福寺）へと帰路に就いた。

　十分ほど歩くと民家も何もない開けた処に出た。眼前はたわわに稔る黄色一辺倒の稲穂で一杯だ。はるか三〜四百メートル先に木々と木々の間に一本だけ巨木があるのを見付けた。イチョウの木だ。他には数軒の民家の屋根が見える。ボクには何にもジャマされるものは無いのを知り、雲一つとしてない秋の青々したどこまでも続く大空を見上げた。見上げると時間の経過と共にボクが偉大な青々とした大空に吸い込まれそうになるのを防ぐ事が出来なくて、只々「おもしろいな、どこにいつ着くんやろ」……という思いにさらされている時に、

「白井君、何を考えているのかな。今、みんなにも伝えたんだけどねぇ、みんなで俳句を作ろうか、一人一作ずつ、協力してよね」

　と川村先生の声。ボクはハッ！　と思いながら……実際に先生に返事するまでには何も言わずに十秒余りかかった。

「五七五ですか。すみません、ボク見とれてましてん、秋の空を」

　先生は、

「それは、それは……私も空の美しさについほだされてね、遠回りをしてしまったのよ」

生徒一同「へーえ」

毛利君は、

「もう僕一つ作ったぞう。『稲の穂よ　やがて一億の　かてとなる』」

先生「うまい、うまい。その調子で他のみんなもね」

「うぇーッ、えらい事にと、ちょっと……なりにけりやがな、むちゃくちゃでございますがな」

と板垣君がアチャコのマネをしてみんなを笑わせた。

その日の昼食も済まし、四年生は居間に誰がいう事なしに集まった。

井上君のが面白い。

『稲の穂や　これが砂糖なら　大もうけ』

警察がうるさいでぇ、ここだけやぞう。

槍下君、いつ勉強したんだ、俳句を。

『さざ波の　ような動きの　稲穂波』

これは川村先生に裁断をお願いしよう。

中田君、君は米には、その配分には神経質過ぎる程気を遣っていたねぇ。

『米米米　そんなに作って　大丈夫？』
大丈夫やでぇ。それより字余りが気になるなぁ。

以下はボク自身の俳句だが、上手下手の問題ではない。伊藤君が言い出したんだ。三、四百メートル離れた所に一本だけ立っているその大木は、「イチョウの木じゃないポプラの木だ」と。ボクは自信を持ち言えると思う、〝イチョウの木〟であると。なぜならポプラは北国で育つもの、群生で育つものだからだ。
『秋空に　浮き出て見える　イチョウの木』

以上で第二話〝二本のイチョウの木〟の終わりである。

〈招かねざる客〉

それは、もう十一月になるころだったかなぁ。夕食後の一家（学童）団欒のひとときであった。お寺の本堂の右側の部屋で大勢で食後の余暇を楽しんでいる風景だ。ある者は将棋、ある者はトランプ、ある者はダイヤモンドゲーム、ある者は唱歌を……ある者は友との会話を楽しんでいるのである。

するると突然部屋の中堅から「うぇーっ、なんやこれ？」という、すっとんきょうな大声が部屋中にひびき渡った。同じく部屋の中堅から「シラミやシラミや」という、これもまた興奮した音声で叫んでいた。

末席でトランプをしていたボクは、

「どこにシラミがいてるのん、どこどこ？」

とトランプそっちのけでその場に急行した。百科事典で写真は見た事はあるけれどシラミという害虫を今迄に一度も見たことがなかっただけにボクなりに大変興奮していた。

「初めてお目にかかるシラミさん、こんばんわ」

という場面である。

そのシラミはダイヤモンドゲーム板の上に置かれていた。そして誰かがゲーム版を揺する事で外に落ちそうになると、右に寄ったり左に寄ったりしながらなかなか落ちない。体の長さは二ミリ強かな。色は乳白色に体の中央に淡いピンク上のシマがある。これはシラミの持主だった人の血管から血を吸い取りおのれの腹を充たしたに違いない。

「ちょっと待ってね、ボクも何だか背中がかゆくなって来たぞう」

かくしてボクとシラミの初めての会見は終いを迎えた。友はゲーム板の上で指でつぶすと言う。シラミは後ずさりをしながらより安全な板の中央へと逃げようとする。友は自分の右手の親指をシラミにあてがいながら一気にエイッと力をこめた。シラミは今までに誰かから吸い上げた血をエイッと言う友の気合と共にその血を友の親指とゲーム板を数ミリ程度真っ赤にしながら息絶えたのである。この時の友というのは五年生であった。

その夜、寝てからもシラミの妄想がボクを苦しめた。

〈日本の少国民〉

左記に約八十年前の歌の歌詞が書かれている。その歌詞はそんじょそこらの歌とは違いまさに僕自身が心の中で悪戦苦斗をして約八十年前に唄った歌の歌詞をやっと記憶をたどりながらこの歌の二番まで記すことができたのである。ボクは齢十五歳の頃に多分に今はやりのマインド・コントロール的な歌は二度と唄うもんかと決めたのである。それだけに七十八年も前の軍歌の歌詞を思い出にすること自体、先ずは抵抗感が強く、その都度〝反面教師〟の四文字が胸中に踊っているようだった。

この歌は敗戦直前に作られたもので、ボク達疎開児童（十歳そこそこの子供）が真顔で唄ったのである。

♪勝ちぬく僕等少国民

（一番）

勝ちぬく僕等少国民　天皇陛下の御為に

死ねと教へた父母の　赤い血潮を受けついで

心に決死の白襷　かけて勇んで突撃だ

（二番）
必勝祈願の朝詣　八幡さまの神前で
木刀振って真剣に　敵を百千斬り斃す
ちからをつけて見せますと　今朝も祈りをこめて来た

（三番）
僕等の身体に込めてある　弾は肉弾大和魂
不沈を誇る敵艦も　一発必中体当たり
見事轟沈させてみる　飛行機位は何のその

（四番）
今日増産の帰り道　みんなで摘んだ花束を
英霊室に供へたら　次は君等だわかったか
しっかりやれよたのんだと　胸にひびいた神の声

以上、四番まで書いてあるが、実際にボクが書いたのは二番までである。そして何のこ

とはない、ボクの家内に言わせれば、

「私のパーソナルコンピューターの〝軍歌〟を押すと声が出てきてその歌を唄うよ」

とのことだったので、その通りにすると、出て来たわ出て来たわ、七十八年も前のこの歌が流れ出したのである（ホンニ、胸クソ悪イ気ガスル）。一番、二番のボクの書いたメモと較べて音楽を聴く。完全だ。ボクはもの忘れが激しいと言われるけど、そんなことはない。一行一語間違ってはいない。


この歌詞をボクが再度ここに披露するというのは、もう日本でこの歌詞に書かれているような場面、状況を作り出したくない思いからだ。こんな惨めな想いを、こんなあわれな想いを誰にもさせたくないと心底より思ったからだ。ボクと同じ疎開者が心から願う事だからだ。では、どうすればいい？ 考えなさいよ、どうすればいいという事を（今思えば、この歌詞を作った人も、曲を作った人も戦争の犠牲者なんだなぁ）。

〈九三坊（関谷君）〉

阿波の名物に和三盆《わさんぼん》という上等の砂糖がある。これを文字って九三坊《くさんぼん》というニックネームを関谷君に差し上げたくってこのところウズウズしているのがボクなんだ。関谷君の生まれたのは昭和九年九月九日である。これは、忘れようがない。九が続くという事でさぞかし苦労が絶えなさそうに思われがちだが、本人は至ってのんびり。

今昭和十九年当時、アメリカ兵イギリス兵が最新の兵器を携えてここ鴨島に現れたにしても、彼は恐らくのんびりとその難関を突破してくれそうな気がするのは、あながちボクだけではない気がする。学業はすべて優秀。その上絵を描かせたら実にうまい。人の動き、動物の動き、虫の動き等を描かせたら、図画の三好先生もびっくりするほどの立派な出来栄えになるのだ。ボクも下絵だけでもと思い彼の真似をするのだが、中々うまく行かない。彼は文字通り天才というのだろう。

彼とはあの集団疎開以来会っていない。という事は、七十八年の間に一回も会っていない事になる。

ボクは昭和三十六、七年の九月九日になる頃に、おそらく台風がらみの社用で、神戸税関に行ったことがある。その帰り道の電車の中である。ボクは今日が九月九日だという事にふと気付いた。九月九日？　九月九日？　九月九日？　何という日だったかいな。そうだ忘れていた。あの時の集団疎開で確か関谷君だったかな……九年の九月九日に生まれたのは。ボクの生まれたのは十二月六日。ボクより三ヶ月程兄貴だ。それを彼は、

「やった、やった」

と言って喜んでいた。忘れようがないと言ったのは誰だったかいな（ボクだよ）？　その時の電車の中で彼を偲びつつ考えた九三坊。苦しいの九、それが嫌やと言うなら九を久に変えて久三坊《くさんぼん》とすればいい。そんなことを考えながら本町の会社に戻ったんだよ。

今から十四、五年も前やったかなぁ。あるテレビ（朝日放送と思う）で、東京の小児科病院の未来を語るという旨の番組をやっていた。その登場人物が関谷小児科病院の院長であった。年恰好はその当時のボク位であり、何より〝おもかげ〟と〝ものごし〟が関谷君のそれと共通するものがあると思われた。ひょっとして関谷君ではないか？　もしそうなら是非お会いして国民学校時代や疎開時代を又はこれからの余生を語り合えるのに……（それは無理というものや……ガックーン）。七十八年間も会っていないというのに。

疎開時代のエピソードあり。次の如し。

晩秋のある朝、関谷君が、

「カユイ、カユイ」

と言いつつ起きあがり右手を衿と首筋の間につっこみ何かモソモソとしているなと思うやさきに、その手を開き見せるとシラミが一匹、それも長き二・五ミリ位に成長したヤツだ（この時期にもなるとボクも〝ヤツ〟に呼び方を変えた）。今しがた関谷君の血を吸って「もう駄目です」と言わんばかりの態度。にくいヤツだ。……あくる朝、ボクがかなり大きなヤツを捕まえた。ボクはヤツを握りながら関谷君に報告すると、

「おもしろいな、ボクも一匹おるねん。まっときや」

と言って、たちまち手に入れたのが横綱級の見事なヤツだ。二人はいうまでもなく手を差し出し、お互いの獲物を見せ合った。

「どっちもどっちや」

二人ともニッコリ笑った。

〈寮母　後藤田さん〉

後藤田さんという寮母さんがいてたなあ。現地採用やった。ボクのこと、特にあんじょう面倒見てくれたなあ、あの寒い晩、寝しなに霜焼けで太った手ぇの指を何回も何回も摩ってくれたなあ、とボク。

「お前だけと違うよ。あの人はなあ、何人もの子供の手ぇを寝しなに摩っていたんや」と言うのは賢二兄。

「そやなあ」

「そらそうと、あの人は幾つに成りはったかなあ」

「確か初対面の時、二十歳ぐらいやったなあ。そやさかい今九十八ぐらいかなあ」

「へーえ、そうか、死ぬまでに一度逢いたいねえ。逢って疎開の時にお礼を言いたい」

「そうやねえ」

「後藤田さんは子どもたちの為にとやかく、よく働く寮母さんだったよ」

彼女は始め、川島の長楽寺で賢二兄達六年生の世話をされてから、十二月に鴨島に来られた寮母さんなのだ。いつも「かすり」のモンペ姿の凛々しい彼女は朝、昼、晩の子供達の食事の準備はもとより彼等が、よどみのない共同生活を続けられるよう、子供達の目から見ると嫌な仕事やなあと思うものでもためらったりする事は決してしなかったのである。例えば便所（トイレ）で子供達が汚した大小便の始末とか、シラミの始末（衣類を大釜に入れて熱湯退治）をするという事等々。

「そうか、色々とご苦労されてたんやなあ」

「一度こんな事があった。ある寒い日になぁ、あれは雪の積もった時だ、後藤田さんが学童三人を連れてやって来た。それも鴨島の持福寺から川島の長楽寺まで大八車を引いてやでぇ、びっくりしたなあもう。その子等の三人の内の一人がお前やったんや」

「ああ知ってるよ、あの時後藤田さんが川島の長楽寺へ今から大八車で行くねんけど。白井君と他に八木君と中浜君やったなあ。兄さんが長楽寺にいてるのは？　よかったら一緒に来てよ。先生の許可取るけんね。それで八木君と中浜君は一緒に行ったんや」

「そうか、それでどうして後藤田さんは長楽寺まで、それも雪の積ってる時に行ったんや」

「それはなあ、ブリ（魚）の配給が疎開時代に対してあってなあ、鴨島と川島の割当が両方一緒に届いた訳や、そやさかい一時《いっとき》でも早くに我々の口にと思ってな、後藤田さん頑張りはったんや」

「へーえ、そうやったんかいな。年取ったらあかんなぁ何もかも忘れてしもて」と賢二兄。

そのあくる日の夕飯に、ブリの照り焼きと白い御飯のご馳米があった。

「あれは覚えているよ。あのブリの味は戦時中でも最高やった。あれはコンリンザイ忘れられへん味やった。今度もし後藤田さんに逢う機会があれば一番先に聞こう、何で大八車で川島まで行ったかと。もし運ぶ荷物がブリだけとするならやでぇ大八車なんか要らんのとちがうか？　一人でも持てるやろ。四人のいててなあ。もっとも三人の弟達が兄達に会えてよかったよ。その辺やなあ、後藤田さんのええとこは。兄と弟が鴨島と川島の近くにおる、それでも会う機会が無い。可哀そうに、そう思って後藤田さんは長楽寺（川島）にいてる時に持福寺（鴨島）に弟がおるのが三人でそれがボク、八木、中浜の三人の名前を覚えはってんな。川村先生に事情を言うて許可をすぐさま取っての大八車や」

「ホイ、ホイ」と賢二兄。

「それでお前、その日は雪が積もっていたのやろう。よう長靴を持っていたなぁ、兄貴の僕が持ってへんのに」

「それやがな、横町に大村君いうのがおったやろう。ボク長靴を借りてん大村君に。あとでお餅を二つあげてん。川島へ行った時兄貴がボクにくれたやろう三つの間の二つだったよ」

「細かいとこ迄よう覚えてんなぁ」

「あたり前や。食い物の恨みは一生の恨みというやろう」

「なんでやねんお前、あの雪道をスムーズに行けたやろう、靴のおかげやで」

「ハハ……冗談、冗談。本当はもっと何かをしたかった、もっと心に残るものをね」

「悪かったねぇ、餅は心に残れへんもんなぁ」

「あっ、そうか、御免、御免、何でこないになんねんやろなぁ」

「さらにもう一つ、寮母後藤田さんは子供等が食事をする時、食べ終わって最後の子が『ごちそうさま』と言うまで彼女は箸を取らずに静かにその子をほほ笑みながら見つめていたよ」

「ふうーん」

（兄弟同士の後藤田さんの話はつきない）

〈しもやけ（凍瘡）〉

一九四四、五年（昭和十九、二十年）の冬季は如何ようにも特別寒い季節であったように思う。ボクがあの徳島の田舎で初めて迎える冬であり、しかも親元をはなれているという事は心理面でも寒さというものに輪を掛けていたようである。この寒い折に疎開生活を送っていた子供を悩ましているものが二つあるのだ。一つは時としてボク達を痒みの極みに追いやるシラミだ。だがシラミはその気になれば寮母さん達の協力で最終的には退治できると思われるが二つ目（しもやけ）はそうもいかないのだ。その〝しもやけ〟にボクはかかってしまった。

先ずは寒い日が二・三日続くと、手の甲と指が赤味をおびた、一見可愛らしい形になる。要するに手の甲と指が腫れ上がった訳である。

『しもやけの　小さな手をし　みかんむく　我が子偲ばる　冬の寒さに』

これが誰のよんだ和歌かボクはもう覚えていないがその時以来七十八年経った今、現代であれば、まさにこの時期に適当な外薬をつけるなり、注射するなりで完治する事だと思われる。でも当時は、しもやけが崩れるなんて事この南国徳島では考えつかなかった事であったのだ。

『しもやけの　小さな手をし　みかんをむく……』

この期間は毎日毎晩、後藤田さんが両手を摩ってくれたのだがボクのしもやけの左手の全指が崩れてしまったのだ。それも一夜にして。幸い、右手には大丈夫であった。右手は絶えず動かしているのでこう成ったのであろうか？

後藤田さんは言った。

「可哀そうに、白井君の左手の指なんでこう成ったんやろね？　あしたの朝のおつとめの雑巾がけ止めなさいよ」

「うん」

「私が先生に言うとくけんね。それで、急にこないになったの？」

「うん。朝目をさましたらなぁこう成ってて、ほんで雑巾がけは右手だけででしてん。こういう風に……」

「今夜はもう遅いけん、明日の朝お医者さんに行こうよ、白井君だけやない友達もおるからね。三年生の久保君と四年生の八木君は脚に同じ様なものが出来てるからね。三人一緒にお医者さんに行きましょうね。それでは……」

後藤田さんは急いで持って来た薬箱からぬり薬とホータイを取り出して、

「白井君。ちょっとしんぼうしててねぇ。今夜の緊急処置をするからね」

彼女はボクの左手の指の血と膿のドロドロを要領よく処理してから言った。

「どう痛くなかったでしょう、右手を摩ってあげるよ」

「うん、有難う」

この事は後藤田さんがボクの貴重な右手の全指をより多くより丹念に摩る事につながったのである。

「おやすみ白井君、あした又ね」

「おやすみなさい後藤田さん」

その夜は後藤田さんのいつに変わらぬ優しさのため、なかなか寝付けなかったよ。左手の痛みなど抜きにして。

〈新しい先生〉

新年度からは四年生のみが三・五年生と分かれて別の鴨島の新住所に移る事になった。昭和二十年一月（一九四五年一月）より。おどろいた事に報恩寺の四年生の女の学童もボク等と同じ民家に移る事になったのだ。先生も新しく藤本先生（男）と平野先生（女）が来られた。藤本先生は二十七、二十八歳位、上背が高く百八十センチはあった。戦闘帽をかぶりゲートルを巻き軍靴を履いた姿は実に凛々しく、がっちりとしている。だが、その姿を見ると彼がどうして兵隊に〝今〟なっていないのか不思議でならない。身体検査の時なにか〝兵隊〟に何か欠陥があったからではないか。だが、そんなことはどうでもいいんだ。いい先生であって欲しい。


藤本先生は居間で転任の初めての挨拶で次のように述べられたのだ。

「君達は本当に宝や。そやから大事にせぇよ。命をなぁ。この十五日に宮中で歌会があった。その席上、昭憲皇太后が次の和歌を詠まれた。

『次の世を　背負うべき身ぞ　たくましく　正しく生きよ　里に移りて』

とね、わかるか。〝次の世を……〟と延べ三回。これは君達、集団疎開学童に送られたお歌や。後で各自が帳面に書いときや、忘れへんように」

よかった。彼は大阪人や。アゲサゲなんかもそうやし、ボクは彼について行こうと思った。特に〝命を大事にせぇよ〟はボクの本性や。いい先生に当たったなぁと思う（言い忘れたがボクの座右の銘は〝生命力〟なんや。これは二年生の時から、そうなんや）。

ところで今の新しく住む家だが、民家といっても、ちょっとした豪邸である。家の中身はさておき外観上は豪邸である。他の家々が判で押したように、こじんまりして小さく見える事からボクは豪邸といったまでのことである。屋根は萱ぶきでこの辺りでは滅多に見る事はない見事に大きい三角屋根である。この分だと屋根の張り替えも大変であったろうに。相当に大勢の〝結い〟の仲間がいる筈だ。でもこの戦争ではね、その仲間も今では南に北に日章旗と共に勝ち進んでいる事であろうと思う……とボク達は祈ろう。

その日の夕方この民家の家主と思われる六十三歳がらみの男の人がみんなを居間に集めて曰く、

「わたしはおまはんらが来たら是非お願いせなあかんとおもちょってんよー」

彼はいきなり押入れのふすまを開けた。すると押入れの上段には高さが六十センチ位の立派な木像がボクの目に映った。ボクはその顔が半分怒っているように思えた。彼の話は続く。

「昼間に見たらもうちょっと男前に見えてはってんけどなぁ。これはなぁ日蓮さんいうてなぁ、それはそれは偉い坊さんなんじゃ。わたしは日蓮さんのお広めになった日蓮宗を心から信仰している信者の一人や。で、わたしの願いはなぁ」

と家主は先生の方を向いて、

「先生、朝ごはんを食べる前でも後でもええけん、みんなをここ日蓮さんの前に集めてなぁ、ほいで南無妙法蓮華経と言うだけでいいのです。ほかには何も要りまへん。声を合わせてな、三回だけで結構です。日蓮さんの直ぐ下には大きな字で戒律が書かれてますけど……」

そこで藤本先生はその言葉におっかぶせる様に笑顔をみせながら、

「田中さんの真面目に日蓮宗に取り組みはるのはよう解りました。同時にこの民家を我々疎開学童に無償で貸してくれはった行為にただただ感謝あるのみです。それでそのお礼にいうたらおかしいですけど学童三十名それに我々教師二名、寮母二名、合わせて三十四名が毎朝食事前にお題目〝南無妙法蓮華経〟を三回となえさせて頂きます。その前にちょっと言うときますけど学童三十名のその子の家の宗派では日蓮宗が何人いてるか？　浄土宗が何人か？　真言宗が何人か？　それぞれがそれぞれの家で聞かんと判れへんのと違いますか？　そやさかいに、なんぼ毎朝お題目をとなえてみてもその子は日蓮宗の信者に成ったとは言わないで欲しいおますねんけど。昨日まで持福寺真言宗で〝摩訶般若波羅蜜多〟を唱えていた子達が今日からお題目を唱えると言うのは子供達に取りましたら同じような成果やと私は思いますねんけど」

田中さんは、

「そーや先生ゆーてはる通りや、そやけん、子供達が日蓮がええか空海がええか又他の宗派がええか決める土台造りなんよ。まあそんな訳でこれからもよろしく頼みます」

と言った。

「そう、これからはあなた達疎開学童が決めるのや、それからは長くかかるやろなぁ」

と先生がボク達に向きなおって言った。ボクは意味がよく解らなかったが、この先生とはより好感を持ってやっていけるなとふと思った。田中さんはもう、自分の務めは果たしたといわんばかりに満足気な表情で帰って行ったのだ。

〈マイッタよ！〉

　一月が終わりにせまって来ると太陽はボク等により近くなって来たが一向に暖かくならない。むしろ寒さが一挙に押し寄せて来る感じの季節である。昔から大寒と呼ばれていた季節は特に今頃ではないかな。そんな一月のある下旬の日の早朝みんなが自分のふとんの中で

「寒いなぁ、もうちょっと寝てよっと」

　とか何とか言っているような寒い朝のひとときである。

「ピッピイピッー」

　と起床の笛とともにみんなは一瞬にして甘い夢はぬぎすてきびしい現実を体験せねばならない。その一例がこのボクである。ボクは立ち上がり、

「毛利君おはよう、井上君おはよう」

　と言った途端にとつぜん左足に奇好な痛みを感じた。痛みといっても痒みも半分混ざっていた様だ。ボクはネマキの裾をたくし上げて見てみるとくるぶしの十センチ程左上部に一・五センチ程の大きさの皮膚が円型に破れてそれが血と膿が混ざり合ってボクの目の前に現れた瞬間にはびっくりするどころか気絶の一歩手前まで行くようであった。それが右

脚にも左脚と全く同じ箇所に同じものが出来ているではないか。まいった、まいったよ！

　更に膝小僧の上四センチ上側にも左右を通じ全く同じものが出来ている。合わせて四ヶ所だ。四ヶ所とも血と膿でドロドロの状態である。先ず井上君がびっくりして、

「白井君、早よ寮母さんに言お、奥田さんに言お」

　すると毛利君が、

「あかんあかん、後藤田さんやないと、後藤田さんやでぇ」

　と井上君のネマキのまま飛び出して行くのを見て大声をかけた。ボクは昨年の暮れ近くに手の悪くなった時そばに毛利君がおった事を忘れてしまい左手の指と後藤田さんばかりに気を捕られていた事をふと思い出し毛利君にはその瞬間悪い事をしたなと思った。井上君が炊事場で後藤田さんを見付け彼女が救急箱を指定の場所から持出しボクのところに来てくれる迄、ものの一分もかからなかった。

「白井君、どないしたの？」と後藤田さん。

　ボクは腰をおろして両脚を左右に広げ例の四ヶ所を彼女が見やすい様にした。

「凍瘡やね。左手の指と一緒やね、今迄よう辛抱してたわね。毎日手をさすってんのに、その時なんで言えへんかったの？」

「……」

「急に来たの、夕べはいつもより寒いから急に？」

　ボクは返事をしようと思っても胸がつかえてそれが出来なかったのだ。

「……」

後藤田さんは、

「白井君、余りの事にびっくりしてるのね。声が出えへんくらいに。いいわ、私から先生に言うとくけん。朝食をいただいて直ぐに大久保医院に行こうか。取り敢えず私が緊急に処置しとくけんね」

ボクはやっと言う事が出来た。

「すみません」と。

毛利君と井上君は寝布団を片付けて、

「白井君、あんまり焦らんとなぁ」

という言葉を残して洗面所の方へ去ってしまった。

後藤田さんは前回ボクにしてくれたのと同じ要領で消毒を済ませ外用薬をあてがって包帯を巻いてくれた。寝布団の片付けは後藤田さんにやってもらった。後はこんな格好で歩くことが出来るかどうか。みんなは寒い寒いと言いながら洗面所に向かっていた。ボクも試みに動いてみよう。一、二、一、二、一、二、歩ける。後藤田さんに報告する。遅まきながら脚の不具合は四箇所に拘わらずに洗面を済ませて次の行事に入る。南無妙法蓮華経を皆一斉に三回唱える事だ。毛利君、井上君がニッコリとボクを迎え入れた事が何という救いだった事か。

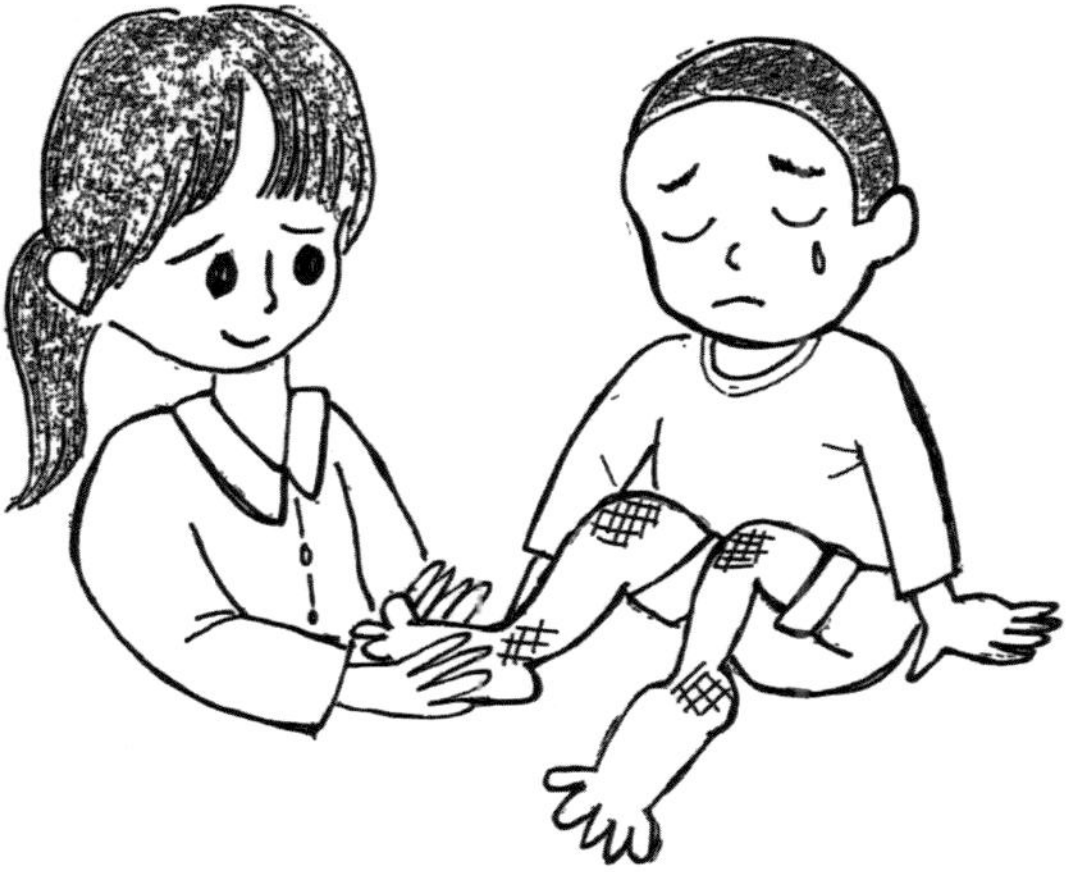

〈別動隊〉

二月初旬のある朝の事である。その朝の八時に西麻植駅前の広場に参集せよとの通達が役所筋よりあった。なんでも満州に赴く卒業生達に行う学校側の〝お別れと激励〟とを兼ねた会らしい。

それでボク達は霜柱をふみふみ、隊列を整えて出発したのだった。隊列といっても高々三十名足らずの小隊である。中には脚が凍傷にかかり脚部に痛みを持っている者もいる事と思われる。三十名足らずの小隊の中身は実は五名も脚が凍傷にかかっている者がおったのだ。残念ながら五名の中にボクも入っていたのだ（ちなみに鴨島国民学校の全員がその集合に参加する事になっていたので、駅前には数百人が集まることになっていた）。

初めの間はよかったけど、十分～十五分～二十分と経つうちに、自然と凍傷の者同士が列より離れて別動隊を作ってしまったのだ。別動隊は直ぐに本隊との間に十メートル程の差が出来、それが二十メートル……三十メートルという風にその差がみるみる間に大きくなっていくのだ。この光景を見て藤本先生が後ずさりしながら我が別動隊を待ち受け、

「えらい、えらい、君達のこと関谷に言うておくさかいな、そのまま駅まで行くねんでぇ」

と大阪人独特のアゲサゲを聞いていて、よかった、よかったとボクは思った事である（この時のみんなの責任者は関谷君だったように思う）。

鴨島のえらいさんが今でいうビールケースを逆さまにしたような台に乗って、

「ここにおられる三人の鴨島国民学校を卒業された若人を紹介致します。三人は十五、六歳の青年であり、今回満州開拓義勇団という団体に応募された、そしてその試験に合格された、左より伊藤、佐藤、鈴木の諸君であります……」

その三人が次の主張をされた。

伊藤「私は日本語を現地の満人に教えて一緒に大地を耕します」

佐藤「私は日本から〝もみ〟や〝むぎ〟を持って行き、それを何百万倍、何千万倍にして日本の方々に食べてもらいます」

鈴木「私は出来るだけ早く満州人の言葉を覚え、我が国の何倍も広い満州でトーキビを満人と一緒に栽培します」

（ボクは三人の主張は幼心に可能だと思った。それは満州でのニュース、映画を見たり、ラジオや直接その関係筋の話を聞いた限りに於いておや。書くのは実に辛いのだ。真実は間違っていたのだ。敗戦が近くなり、もう日本が手も足も出せなくなった矢先に〝七月下旬頃か〟ソ連軍（ロシア軍）が大量の戦車で入り込み、現地人たちと本当に仲良く農村生活を送っていた日本人達を嗅ぎ出し、あぶり出し、絞り出しては、男性なら虐殺し、女性ならレイプをし、子供達は捨てておく。首を吊った者、毒を呑んだ者、ピストルで自分を撃った者等々そんな話ならこの年になる迄にはあちらこちらで聞いていたが、典型的な話は俳優の故・宝田明氏と、作詞家の故・なかにし礼氏だ。お二人はソ連兵（ロシア兵）の残虐さにも述べられておられるがその要因を作った日本の政府、軍部を最大限に批判なさっていた。軍部は武力を使い傀儡《かいらい》の政府を作り日本より多くの真面目な民衆を満州開拓義勇団として刈り立てて行く。もう一方で南京事件では三十万人というとんでもない虐殺をして来たのだ。違いますか？　〝開拓〟という名目で渡満したあの三人が無事に帰られている事をボクは切に切に願うのみである）。

飛んで悪いが、以上が三人の夢と希望であった。ボクは上手くいく事を心で念じていた。誰しもがそう念じなければならない程、日本の食料事情は困窮していたから。十歳のボクでさえそう思ったのだ。ボク達が食べる毎日の食事にもその影響は大であった（記憶が乏しく思い出せないので三人の御名前を仮に伊藤さん、佐藤さん、鈴木さんにさせて頂いた）。

この人達を送る最後のはなむけとして万歳三唱をする間に今日どうしてあの吹奏楽団が来ていないんだろうとボクはそう思ったんだ。あのきりりとした四十五歳位の紳士がお上の意向で戦場に赴き、それ故楽団は解散したというのであろうか？　まさか四十五歳で戦場に出て銃を持つ……考えられない。それともあの楽団自体の存在が時節柄〝けしからん〟という事でどこかの誰かがどこかに訴えたんじゃないか？　という風な、いろんなよからぬ想像が頭を駆け巡ったのである。やがて集会は終わった。

突然、関谷君のあの落ち着いた声が聞こえて来た。

「白井君、僕等歩くの早いんか？　もっとゆっくり歩こうか？　そしたら君等ついて来れるやろ？」

「うん。早うて早うてかなわんわ。かめへん、かめへんでぇ。ボク等自分の歩き方で歩くさかいに、そやないと気イ使うわ」と答えたボク。

先生がそこへやって来て低い声で言った。

「朝からええこと聞かせよんなぁ。友情やなぁ……そんなら、こうしよう。関谷はなぁここから直ぐに教室に行く。それから自習をする。昨日やったやろう××ページの仮分数の計算式の問題なぁ、あと二十ほどあるやろう。それやっといてんか。先生は白井、八木、中浜（男）、酒井、宮田（女）に一緒について行く。ところで関谷は〝しもやけ〟なってへんのか」

「僕は手ぇも足も大丈夫です。ほんならな白井君、八木君、中浜君またね」

と先生とボク達に同時にモノを言った。

ボクは手足が不自由になったお陰で先生に直接モノを言う機会が出来たと一瞬ではあるがいい気持ちがした。

「どや中浜、集団生活はおもしろいか？　おもしろないか？」と先生の質問。

「両方です。おもろい時もあり、おもろない時もありますけんね……」

「ほお……〝けん〟か……徳島の言葉やなぁ」

「白井、君はどうやねん、何かおもしろい事ないか？」と先生。

「はあ、先生。あの、先生。今度の日曜日にボクと先生と関谷君等を交えてダイヤモンドゲームをやりませんか？」

「よ～し、やろうやないか。約束やでぇ。」と先生。

　このようにして別動隊は学校に着く迄に先生と語り合い、いつになくボク達は家にいるアニキのような気分で先生との会話を楽しんでいたのだった。

〈賢二兄の帰阪〉

極端に寒い二月下旬のある朝の事である。今日は賢二兄が半年ぶりに大阪に帰る日だ。賢二兄はさぞかし嬉しいだろうな。ボクの他に男子三人、女子四人、それぞれ六年生の国民学校を卒業する兄と姉を持つ者ばかりでの鴨島駅までのお出かけである。この日、阿波池田を出発した特別列車は途中の駅に立ち寄る。大正区の今年度の卒業生を乗せた客車は半田、貞光、穴吹、川島という西側からの順番なので賢二兄は数十名の仲間と共に最後の客車に乗っていることになる訳だ。

この回は先生、寮母さん抜きの生徒八人の外出である。従って鴨島駅までの道々の会話も生徒同士。

男子その一「六年生のアンチキショーめ、半年過ぎたら大阪に帰れるやなんて！」

男子その二「オイオイ、何でそんな事言うのん。今大阪はなぁ、家庭の奥さんがなぁ夕飯の時どんなにやり繰りしても米は無い、おかずは無い。どないしよう、どないしよう言うて悩んではる時に六年生坊主が入り込んでみぃ、今は配給も思うようにでけへん時代なんやでぇ」

女子その一「うちら鴨島にいてる方がお母ちゃん余程気に入ってはるみたいやし。うちのお母ちゃんゆうたらな、手紙よこす度に、徳島に疎開してる娘よ、今度大阪に帰って来る時は、鳴門金時サツマイモをお土産に持たせてやって下さいませと今から先生にお願いして頂戴……かしこ」
女子その二「ウフフ、かしこやなんて」
女子その一「放っといてんか！　うちの言い分もお母ちゃんの手紙もこれで終わった事になるやんか！」

男子その二「ねえ、君は今何が食べたい？」
男子その一「えっと、そやなぁ、戎橋筋の〝いろは〟で食べたうなぎの〝まむし〟やなぁ」
男子その二「そうか。君は？」
男子その三「ボクは高島屋で食べたカレーライス」
男子その四「ボクは母ちゃんの握った塩のきいたコゲのあるおにぎりや。それも目の前の皿にぎょうさんないとアカン。たとえ手に持った一個だけを食べ終わるにしてもや」
男子その二「ややこしいな。ボクは肉じゃが。真っ白なふかふかの御飯と肉じゃがを腹一杯食べたいな。もう死んでもええわ。遠い夢やがな」
女子その三「はかないなぁ」
足が不自由な自分を皆がゆっくりと歩き協力してくれた。このように主として食事に関わった話を続けている間に鴨島駅に到着。ここを十時頃かの特別列車が到着する予定。充分間に合う。ここで十分間程の余分な時間に前述の食の話の続きをしていると、西側からC型の古いがよく手入れの行き届いた機関車が三輌の客車を牽引してポォーポォーという汽笛を鳴らしながら駅のその位置に停まった。

決められたプラットホームの位置まで八名がやってくると三輌目の客車の出入り口に固まっていた諸兄姉は笑いながらか、又はしかめっ面をしながらか、或いは真面目そうな顔つきでプラットホームにそれぞれの諸弟妹を見い出しては客車を離れて行った。賢二兄は三番目に客車の出入り口からホームに降りた。

降りて直ぐにボクの左手の包帯を見て、さも驚いた表情で、

「敏っしゃん、どないしたんや」

と聞いた。ボクはただ、

「しもやけが腫れ上がりそれがつぶれたのでこうなったんや」

とだけしか言えなかった。両足にも左手の症状に似たものが出来ておりそれ等を昨日お医者さんが包帯で巻いてしまった。そしてその上から厚手の黒の靴下を履いていたので、その事を言おうとしたが止めた。賢二兄は左手の指の損傷ばかりを見つめていたがややあって

「そうか、しゃあないな。もうすぐに三月や、ぬくなって来たら治るやろ」

と言った。ボクは半分だけ元気よく「うん」と言った。

「ところで先月の中程にな、アメリカの爆撃機が四機だけボクの宿舎の長楽寺の上を東に飛んで行った。お前も見たか？」

「いいや、見えへんかったで」とボクの返事。

「そうか。先生が言うてはったけどなぁ。あれは偵察や。近い内に大阪市に空襲がありそうな気がするぞぅ」

ボクは、

「あれへんで、大阪市が空襲やなんて！」

と多少声を荒げて言った。すると賢二兄が、

「シィーッ、先生がな空襲が大阪にありそうな気がすると言いはったのはな、いついかなる場合でも六年生やったら堂々と対処する方法を取らなアカンでぇ、シィーッと言うことや」

これは兄の先生が言った事の解釈と、ボクの声をもっと小さくする様にとの指示の両方だった。おかしいなぁ、ここに官憲筋の人でも居るんかなぁ。

賢二兄は、

「そらそうとなぁ」

と今度は普通の声に戻って言った。

「ここに毛糸のセーターとサラの運動靴が入ってる。これお前においていくさかい、使こ

てんか」

「ウエッ、くれんのん。どっちもほしいやっちゃ。おおきにー」

ここで風呂敷包みを右手で受け取る。別れに際し言うべき言葉を昨夜から色々考えてみたがどれもこれも〝短い長い〟なので止める事にした。只「お母ちゃんをよろしく」だけは止めることはできなかった。賢二兄も「あぁ」とだけ言い、再び車中の人になった。

帰り道はそれぞれが自慢げに、それぞれの兄姉の良いところ、はたまた悪いところを披露しながらのひと時であった。

夜、寝る前に賢二兄にもらったセーターを着てみた。黄緑色でボクの体にぴったりのサイズである。兄の何気ないぬくもりを感じた。ありがとう。

〈田村先生の来訪〉

五月の中程に、田村先生が突然やって来られた。彼は五、六年生を担任されていたようだが、ボク達下級生の間でも先生の存在はよく知られていた。彼は上背の低いその反面、身体のがっしりとした柔道家であった。よく放課後に五、六年生の有志を相手に柔道の初歩を教えるのに、文字通り一生懸命になっている姿を、ボク等は下校時によく垣間見たものである。もちろん彼は黒帯の保持者である。おそらく彼は、子供心で言うのではないが、五、六段位は持っておられたに違いないとボク達はそう信じている。

田村先生と、ボク達の藤本先生とは師範学校時代に友情が芽生え、それが今まで続いていたようである。この度のかなり長期間のお互いの無沙汰がありながらも、彼はなぜ鴨島を訪れたのであろうか？　これはもう大正区、港区、此花区、いや大阪市の空襲のありようを知らせに来られたに相違ない。前に藤本先生がボク達に約束したことの返事に違いないとボクは思った。

「今晩、食事の後で三軒家東国民学校から来られた田村先生から話があるので、みんな居間に集まってんか。いいなー」

と、先生のいつになく生真面目な声。その声に従い、みんな食後、一同居間に集まったのである。一同といっても、高々男女併せてわずか約三十名の小集団なんだが。

　田村先生は日焼けした鋭い顔付きで、それでいてどこか神経質そうにボク達の前に現れたのである。彼の驚くべき話はこうである。

「今晩は、皆さんとは丸八ヶ月ぶりにお目にかかるのですが……この三月十三日の夜の十二時の近くに、Ｂ29による大阪の市街地を焼きつくそうという空襲がありました。みなさんの故郷である三軒家も例外ではなかった。敵は焼夷弾というものを使って大阪市を焼きつくす戦法で来た。私は空襲から三日ほど経ってから、その辺一帯を歩いてみました。大正区は泉尾が全滅、三軒家は一部を残し全滅、学校ももろくも全滅。あなた方の過去の貴重な成績を記載してある通知簿も、職員室の戸棚にきっちりとしまい込んでありましたが、次から次へと落下してくる焼夷弾のため、職員室はあっという間に猛火の勢いに包まれてしまい、また三月十四日の六年生の卒業式の準備も十三日に済まして、卒業証書も阿倍先生の机の上に置いてありましたが、それさえも猛火のえじきとなりました。事前解かっていたなら、それこそ深い穴を掘り、それを埋めておけばよかったのに……と悔しくてなりません。この点、皆さまに心からお詫びもうしあげます」

　ここで田村先生は、通知簿を灰にしたのは全部自分の責任のように深々と頭を下げた。

「これはえらいこっちゃ、過去の成績なんてもうどうでもええのに、通知簿なんてもうどうでもええのに、お母ちゃんが、おばあちゃんが、おじいちゃん、お父さんが。芳一兄も、賢二兄も明日卒業式やというのに！」

ボクは心の中で泣いていた。ふと見ると大半の女子が泣いていた。男子は五、六人が泣いていた。田村先生は続けた。

「三軒家をよく見ると、大浪橋通りより左側、つまり東国民学校のある処は全滅といってもいいでしょう。南国民学校も同じく全滅です。私はＢ29が来たとしてもせいぜい十機か二十機位にしか思ってなかった。それが大間違いでありました。大阪でのＢ29が実際の数、それは百機はおろか二百機を上回る数、おそらく三百機に近いＢ29が二十万発以上の焼夷弾を落として行きよりました」

その時ボクは昨年の二月に父が道々語った事を思い出していた。『お前、考えが甘いなあ、今アメリカは空襲を考えておる』。父はおそらく職場仲間と、アメリカの空襲が近いうちにあるぞという事を言い合っていたに違いないのだ。今になって後悔するべきは、永野君にボクが言ったあの言葉『あれへんで、空襲なんか！』だった。だが聞こう最後まで。田村先生の言葉を。

〈逃避行をする人々〉

田村先生は続けた。

「Ｂ29の搭乗員は一つの鉄の塊を目的物に向かって落とすとこれが地上二百メートル辺りで破裂すると同時に五十箇の小さい鉄片に分かれて飛び散る、これが我々のいう焼夷弾そのものなんです。一箇の焼夷弾は長さが五十センチ、巾が八センチの六角形です。重さは二・七キロです。分かれて飛び散ったその瞬間一箇宛の焼夷弾のしっぽにひも状のものが付いており、落下しますとそれが地上二百メートルぐらいの所で小さく点火する仕組みになっているのです。その瞬間はまるで暗闇の空に黄白色の雪が湧き出てそのまま降って来るように私には思えたのです。それも元の一塊は五十箇の焼夷弾となり、それもバラバラに五十箇が落下して完全な火元になって、大阪の家屋を焼きつくすというのです。バラバラといっても風の強い時は半径で二十メートルほどの円型の中に焼夷弾の五十箇が入っていると言ってもいい。それがＢ29が三百機に近い数で、今述べました事と同じやり方をするものですから、火元はそこら一面と言っていい。

バケツリレーで次々に渡して消火にあたる方法など、この焼夷弾の吹き出す猛火にはかないません。焼夷弾が手元に落ちて来て、ものの二、三秒の間にしっぽの火が中の油脂に点火し、さらに激しい猛火に変わるのです。諦めて外へ出る、すると今度は鉄の塊のような焼夷弾がはるか空から雨や霰のように落ちて来る。三軒家でそれにあたって亡くなられた私の知人も三人はいらっしゃいます。いくら丈夫な防空頭巾を被っていても、重さが二・七キロしかない焼夷弾でも、地上ではトン単位のものがあたったら私の知人のようなあわれな結果になるわけです」

ボクはそのあわれな結果になる人が田村先生のいう三人では到底足りないと思った。少なくとも十人はいる筈だと思った。ボクは左隣に座っている毛利君をちらっと見た。彼は涙ぐんでいたのであろう、両ほほにその跡がありありと残っているのが見えた。あぁボクはどうして涙が出てこないのだろうか？　そうだ先生の話の始めから心の中で泣いていた。でもどうして泣かないのだろう。ボクのすぐ右側の井上君は泣きも怒りもしない至極平静であったように思ったのだった。彼の場合はお父さん（疎開まで彼とお父さんと二人での生活）の家が三軒家の市電の停留所から西北のやや離れた所にあったので一安心しているからなのか？　後で聞こう。

女子の五、六人は泣くのを思いとどまり、田村先生の今まで聞いた事もない、自分達の家族の関わったかも知れない、とんでもない話を聞こうとしているように思われた。先生は尚話を続けた。

「三月十四日から焼け出された人達で大阪駅、天王寺駅、港町駅、私鉄では難波駅、上六駅、梅田駅などが……ある知人から聞いたところ……そのような省線または私鉄の駅は一家ぐるみで空襲の恐ろしさから逃れて、少しでも安全な処を求めてる人々ですし詰め状態になっていたそうです。電話も駄目、電報も駄目、生まれ故郷の田舎に身を寄せるにしても連絡も出来ません。もうどうすることも出来ません。ましてやこの人達は、深夜に起こされての逃避行で、余分なものは何一つありません。持ってません。食べるものさえあちこちで物乞いをせねばならない。着るものさえありません。三月の中ほどですよ。みなさんの中でこんな境遇で生き抜いてこられたご家族の中で、もう落ち着いたから手紙であなた方に現況を知らせようという……実際にその手紙をもらった方はおられませんか。どうですか？」

一同は、一同を見渡した。すると男子で一人女子で二人が手を力なく挙げた。我が藤本先生はふいに立ち上がった。そして、

「三人ともお母さんのふる里から手紙が来たんや。三通とも検閲済みで、田村先生程の詳細やない。なあ、今日はここまで細かいとこまで知らせてくれた。ありがとう」と言った。

田村先生の話は続いた。

「ご家族の連絡が遅くなっているが、検閲で時間を取り郵便が遅れているなんて事ざらにありますよ。それに空襲の有様を書き手になる御家族の人があまりにも生々しく書きすぎると没になる事だってありますよ。あれだけの大空襲のあと検閲で目を光らさん場合の方が少ない。まあ私の言ったもろもろの事だって警察が調査する対象になっているでしょうからね。

要は、あれだけの苦労をしても私達家族はまだまだ生きているぞーという、みなさん方に希望を持ってもらえば幸いです」

彼は話をする間に息を吸うのを忘れでもしたのか、ここまで言ってしまうと、

「ふーうっ」

と大息をしたのである。藤本先生が再び立ち上がって田村先生から聞いた裏話を語りだした。

「これでみんなとの約束（三月十三日の空襲があった事を聞き、その結果家と学校がどうなっているか？）を田村先生のお陰で果たせるなあ。田村先生はその夜空襲におうたんや、借家を焼かれてしもて今は大阪郊外の遠い親戚の家にお世話になっているお気の毒な先生なんや」

田村先生は続けた。

「焼け出された人の中には焼け死んだご老人も実にたくさんおられます。〝乳呑み児〟を抱えたお母さんも親子もろともに恐ろしいあの〝炎〟の餌食になってしまいました。日頃の町内の防空演習の通り、バケツに水を汲んで家族五、六人でリレー方式で天井の消火をしておりましたが、気が付いた時には近所からの移り火がすごい〝炎〟になってその人達を襲って来ました。時すでに遅く全員が〝炎〟に呑み込まれてしまったのです。これ等の話は私が体験した空襲から三日程経って三軒家に行った時に実際に焼け残った人から聞いた話なんです」

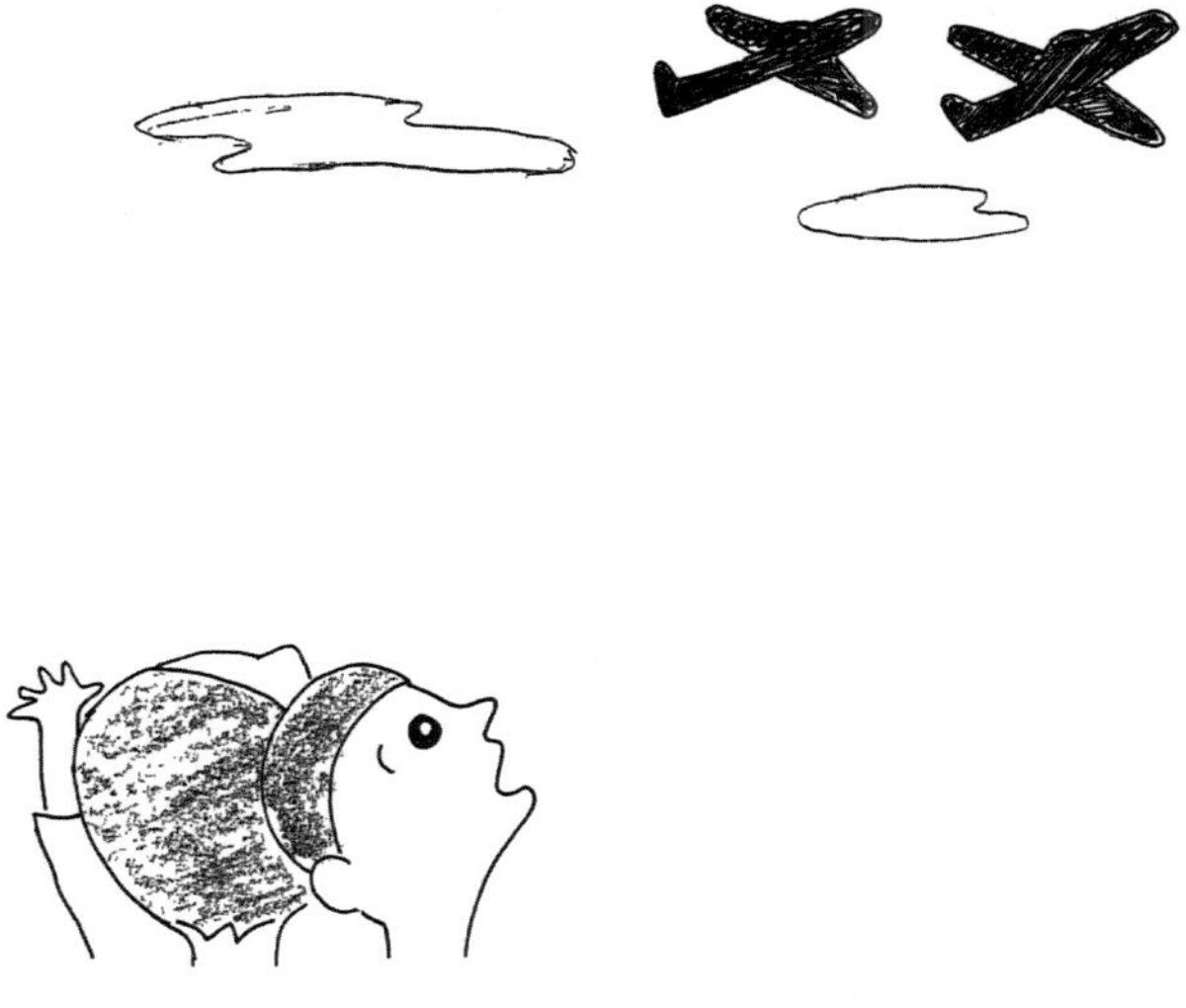

〈待っとったらええやん〉

「焼け出された三軒家の人々にとって我が身を守りきることが精一杯で、まだ寒い三月の半ばに夜寝る場所なんてない。食べていく事さえいちいち人に物乞いをせんとアカン。そんな大空襲を我が身を持って体験した三軒家の人達にとって、君達疎開学童の存在は〝天国におる天使〟みたいなもんや。二ヶ月間も空襲で焼け出された後も何の連絡もないのは、今は今やでぇ、君達の存在は二の次、三の次、四の次やでぇ、待っとったらええやんか。今はそれぞれの家族でどうしたらええかを決める時や、早よ言うたやでぇ、関谷の家族が奈良県の××郡××村にやっと落ち着いた、今に迎えに行くから……それが一ヶ月になるか二ヶ月になるかは判らん、きっと何かいい連絡がある筈や。それを信じて待っとったらええぇ！」

藤本先生がおおむねこの様に締めくくった。

ここでボクの頭はひらめいた。目からウロコがとれた。こういう事があっての疎開やろう。ボク等は今、完全に安全な方に役回りしている。以前は父に賢二兄が疎開に行くと言ったので半分は物見遊山な気持ちで、

「ボクも行きます」

と言ったのだが、今は違うという事をはっきりと認識したのだった。

静かなひと時が流れた。今はもう田村先生も藤本先生も語るのをやめしばし黙想の時を、二人で示し合わせたように持ったのである。そして学童全体もすすり泣きをやめ、それぞれがこれからどうして生きていこうかという事を考え出そうとしているように思えた。やがて五、六分経ち藤本先生が立ち上がって、

「みんな三軒家が大空襲で家も学校も焼けてしもてさぞかしがっかりやな。先生もこの通りがっかりした。でもね、田村先生が言われていたが大阪市の各駅はすし詰め状態で連日いっぱいや。みんなの御家族の方々でいっぱいなんや。運よく御家族の故郷へ帰られたら、またはここなら空襲に安全だという地方があればその地で生活を続ける事が出来る。徳島にいた子供等を呼びよせられる。それを信じて待とうやないか、その日を信じて待とうやないか？」

藤本先生の言葉にのせられて大半の学童は、個々の違いはあれ元に戻った様だった。ボクもその一人だった。

「そこでみんなに聞きたいのだけど、明日は日曜日で天気も上々。四国の八十八箇所の寺の内、第十番目のお寺切幡寺が吉野川を渡り切った処にあるという事を聞いてんねんけど皆さんの御家族が無事におられます様にとお祈りしたいと思う人がおれば、八時半に先生がここを出発したいと考えてるのやけど……田村先生も喜んで行きはるそうや。何にも今

決めんでもええねんで、行きたい人は明日の朝八時半に服を着替えて朝食も取ってから裏庭に集まってんか」

藤本先生の話が全部終わらない内に男子で二、三人、女子でも二、三人がお参りに参加の意思を態度で示していた。この人達ははっきりと、

「行きます」

とだけ答えたのだった。ボクは家族が無事であるようにとの思いを、祈りを、この切幡寺に託そう、そう心に強く念じたのであった。ボク自身の救いをこの切幡寺に決めたのである。

〈指揮者　板垣君〉

「敵の焼夷弾の内容、三軒家の人達の逃避行、学校が焼失した事、明日に控えていた六年生の卒業式が出来なくなった事等々……こちらにとって都合の悪い事ばかりだが、それ等を乗り切って行かねばならない。四国はお寺さんばかりが多くお宮さんが少ないが、切幡寺てゆうたらな、その辺のお宮さんに負けてへん位の由緒のあるお寺さんやでぇ。まぁおまかせあれ。あすの朝迄に行かれへん人は〝自分の願い〟を紙に書いてこの箱に入れてくれたら先生がそれを持って切幡寺まで行くけんね」

と言葉の最後を阿波弁で結んだ。これも学童が恐ろしい話を聞いたあとなので、子供達が涙を流したあとなので先生独自の対処法かもしれなかったのだ。

「今日はすまなんだなぁ、三軒家の悪い話ばかりを聞かせてしもて。毛利、関谷よ、歌でも唄えへんか？」

と藤本先生。

「はい、いいですよ」

と二人。

「女子にも聞こう。奥田、宮田、酒井、何唄う？」

「……」

三人とも微笑んだが返事なし。ここで平野先生が初めて口を開いた。

「あれがいいですわ、〝勝利の日まで〟」

「〝勝利の日まで〟か？　ええでしょう。それでいこう。板垣よ、君、悪いけど音頭取ってくれへんか、あぁ違うわ……指揮や、指揮や、シキ、シキを取ってくれへんか？」

それで板垣君が、

「待ってました。ここに板垣あり！」

とそれこそ大音響で叫んだ。部屋中の者が彼を注視した。板垣君は礼儀正しく立ち上がり、部屋の前に行き、いつ手に入れたのか知らぬが菜箸を左手に持ち、ゆっくりとした物腰で言うのであった。

「では、音頭を取らせて頂きます……もとい……指揮をとらせて頂きます」

ここで彼は部屋中の先生、寮母さんを含めての笑いを取った。

「何も先生の間違いのマネをせんでもいいんとちがう？」

と笑いながら藤本先生。板垣君は笑いもせずにゆっくりと続けた。

「作詞サトウハチロー、作曲古賀政男〝勝利の日まで〟一二三、一二三、ハイ全員で」

♪♪丘にはためくあの日の丸を

仰ぎ眺める　我等の瞳

何事かあふるる感謝の涙
燃えて来る来る　心の炎
我等はみんな　力の限り
勝利の日まで　勝利の日まで♪♪

板垣君の首尾は上々だった。みんなは各自がうまく唄えた事に満足をしている様であった。先生方も拍手をしてこれに応えた。田村先生は明日の午後二時頃の汽車に乗らないと大阪の用事が済まされないらしく、それでも切幡寺には是非お詣りしたいという彼の意向は変わらなかった。

やがて集会も終わり、殆どの学童達は先生達に、

「おやすみなさい」

とあいさつを交わし自分の部屋に戻っていった。ボクはやり切れぬ思いを持ちながら居間を出て自分の〝ねぐら〟に帰ろうとしていた。ボクの部屋に通ずる廊下に出るとガラス越しにきれいな星空が見える。まてよ、こんなきれいな星空は、生まれてもう十年になるが見たのは初めてだ。これは、これは、星の夜空がこんなに美しいものだとは……そこへ毛利君と関谷君がやって来た。

「白井君、何しているねん」と毛利君。

「解った、星を眺めとったやろう」と関谷君。

「こないに美しいもんやったかいなぁ」とボク。

「まっとき、このガラス戸を今開けたるさかいに」と言いながら関谷君が、手前のガラス戸を右に引いて開けた。すると、五月の夜空の星達が手に取る様に鮮明にボクの目に映った。

「ウーエイ、これは、これは美しい星がよく見えるぞう。関谷君おおきに」とボク。

「ほんまや、ほんまや」と毛利君。

「あれが北極星やろ、それで、ずっとこうきて大熊座、それからあれが北斗七星や。一、二、三、四、五、六、七……七つ星や。数えてみぃ二人とも」

「もう分かった、分かった。杓子の形をしてるねんなぁ」

「そうや」

「そらそうと、星の数、こんなにギョウサンあったかいなぁ」

「ボクも星の数にはびっくりした。これでええみやげ話が出来た。おおきに、おおきに」

「おおきに、おおきにと年寄り臭いなぁ、もう」

「ところで君等二人、明日の切幡寺、行くのか行けへんのか、どっち? ボクは行くでぇ」

「ボクも行くと決めてしもた。関谷君は?」

「ボクは行けへんでぇ……ウソや、行く行く、行くでぇ」

ああ、これで安心。ボクは少なくともお詣りに三人の同行人が出来た。

……〝摩訶般若波羅蜜多〟

〈切幡寺への祈り〉

これはどうしたことか男子は全員、女子も全員が切幡寺詣りをするらしく、例の目安箱は空っぽで、全員が朝食を済まし裏庭に集まった。藤本先生が、

「みんな一人も欠けんとのお詣りやなぁ。昨日の夜の集会でのみんなの反応を振り返ってみて、二人の話がよっぽどの衝撃をみんなに与えた事だと思う。泣いている人、悔しがる人、怒る人など様々な態度を見させてくれましたね。少なくても今日の一日だけは少しでも心を落ち着けて静かに考えるようにしたらどうかなと思い、ああいう風に言ったんだけどねぇ」

彼は昨晩の集会で『何も今決めんでも、ええねんで』と発言したが、すべて空しく思われたのだ。同時に彼は〝宮〟よりも〝寺〟の方が人間的にも倫理的にもよりよい〝何か〟があるのを知って居り、『みんなが一人も欠けることなく』この切幡寺の祈りに参加できる事がこの学童達の哀れで切ない今、現在に至っては至極納得出来る事であると彼は考えるのであった。

田村先生は即刻学童達が無事に目的地に着けるように準備しなければならないと思った。敵機が鴨島のような田園風景である処に人影が映ろうものなら狙いを定めて急降下して機

関銃で射殺するという例示を上げてくれた。何々県で二人、何々県で三人の犠牲者が出ている等々を。この場合人数が多いほど弾丸《たま》が当たる確率は高い。一人より二人、二人よりは五人、五人よりは十人といった具合である（これを機銃掃射《きじゅうそうしゃ》と戦争用語ではいう）。それで歩く時は出来るだけあらゆる方向に分かれて歩く方がいいとの事。これで田村先生の悩みの一つ〝機銃掃射〟をどうするかとの問題は解決したと言いたいが、実際にそれを防ぐ手段はなく、家にこもっているのが一番良い方法だったのだ。


　昨夜は星空があんなにきれいにボク等三人の眼に映ったので、今日はとんでもない五月の快晴日だ。これを〝五月晴れ〟と言うのだそうだ。ボクは毛利君に言った。

「こんなにええ天気やのんにアメリカの機銃掃射まで気ィ使わんならんとはなぁ」

　小声で、ボクにも分からないような小声で毛利君が、

「田村先生、空襲で〝死に目〟に会いはったんやろ。〝死に目〟に会うたら誰だって神経質になるさかい、あんなこと言いはって、あたりまえやがな」と言った。

　後藤田さんは極めてまじめに自分の職責を果たしている。大柄な彼女について行くのはボクや毛利君のようなチビ助では多少ともしんどい気がする。始めのうちは良かったが四十分もすると毛利君共々に息が切れそうになって来た。

「白井君、毛利君、どうですか？　しんどいですか？　私もうちょっとゆっくり歩こうかしら。米山君どうおー？」

米山君は答えた。

「ハイ、ええ調子ですよ、僕も林君も八木君も皆調子よく歩いています。そーやねぇ、白井君、毛利君」

米山君のアンチキショウめ！　人が息切れしそうになって歩いているのを目にしながらあんな事を言うなんて！

「はい。調子よく歩いてますよ」

とボクは自分の今の体調と真反対の返事をした。

すると後藤田さんが、

「そう、じゃあここで今、十分間の休憩にしようかな。アメリカの飛行機も来ないしねぇ。みなさん、十分間の休憩です」

毛利君は事の成り行きをかなり冷徹に見ていたが、ややあって、

「白井君の勝ちやなあ」

とそれこそ小声で言った。ボクは彼の言った意味が判らなかった。彼もボクも汗ばんでいた。

後藤田さんはその後かなり歩調《ペース》をゆるめて歩いてくれたのだった。十分ほど歩いた後に川向こうの五百メートルほど先にお寺らしい屋根が見えたのであれは切幡寺に違いないと彼女に聞くと、

「あれがそうです」

という答え。それから先がどうしても思い出せない（あの吉野川をボク達三十人余りが歩いて橋を渡ったのか或いは舟に乗って川を渡ったのか）。吉野川をどんな手段で渡ったにせよ、切幡寺の本堂はボク達の目の前にあった。これは紛れもない事実である。

　お寺は施しようもない程に荒れており、そしていやに静かであった。これはお寺に人気《ひとけ》が無いからであろう。本堂に入った藤本先生が言った。

「三十五人が〝お寺の本堂に来ている〟という事を伝えようと思っても、住職はおろかいくら大きな声で〝お願いします〟と叫んでも誰一人として来ないなぁ」

（今になって思うが、やはり〝神〟をたたえ、崇《あが》める事が、仏をたたえ、崇めることより余程利があると考えた、最早この戦争に負ける寸前の軍事政府の意向だったのであろう。現代でこそ一日に幾百人の巡礼者でにぎわっているが、四国八十八ヶ所の十番目の名刹・切幡寺は、一九四五年の五月のある晴れた日曜日にはボクの覚えている限り巡礼者の数は〝零〟であった。二〇二三年五月記）

「さあ、ここでお祈りをしよう。こないだの空襲で三軒家の皆様の御家族が全員御無事であるという事を……本堂で座る事が出来なんだからなぁ。本堂のほんの少し外でなぁ、立ってなぁ、そのままでいいから……始めにあの空襲で亡くなられた方に一分間の黙祷を捧げましょう。それから各自が御家族のために……」

　時間は過ぎた。ボクは自問自答した。

〈♪『別れ船』〉

切幡寺のお祈りも全員無事に終わったので、寺の周りでも散策しようとすると藤本先生が号令をかけるような大声で言った。

「皆さん、田村先生がなぁ、昨夜言い残した事があるので最後にみんなで聞いて欲しいとの頼みがあった。それと先生は音楽好きでいらっしゃる。歌もなかなかのもんや。是非みんなで聞いて欲しいとの事だ。私からもよろしくお願いする。ここでいいわ、みんなで座って聞こ。ここなら安全や、機銃掃射もけえへんからな――」

一同は先生を見習って寺の松林の間の芝生に座り込んだ。

昨夜の集会でボク達に初めて会った時のような神経質な面影ではなく、三軒家でしょっちゅうお見かけした田村先生がボク等の面前に現れた。

「肝心な事を言い忘れておりましたが……これは忘れたのではない、昨日一日中いつみなさんにお伝えするべきかを悩みましたが、今お知らせするのが一番いいと考えたからです。実は私がみなさんに鴨島でお会いして空襲についての話やいろいろの話が出来るというのも、実のところ八木校長に負うところが大《だい》なんです。校長は私に徳島に行くように命ぜられたのが五月十五日の火曜日です。十六日、十七日はこちらに来るのに〝明けくれの日〟だったんです。十八日が三年生と五年生に持福寺と報恩寺で話をして、そこで一泊、というわけで十九日がみなさんと会えた日、それが昨日です。

予定では今日の午後一時頃の汽車に乗らなくてはならない。なぜかというと、来たんですよ〝召集令状〟が。この私に！　……おめでたい事です。みなさん、行って参ります。……八木校長には十二日の土曜日に、私に〝召集令状〟が来た事をお伝えしたが、その時に長い間の沈黙がありました。そしてどう心を改められたのか私に〝おめでとう〟を言って下さいました。で、翌週の火曜日に『長い間徳島の疎開児童の事気にかけていたんだが、君、たしか藤本君と同期生やったね、そしたら君、是非行ってきたまえ。積もる話もあるだろうからねぇ。児童達には本当の空襲や焼夷弾の事を話したまえ。君が見た実況をやねぇ。ウソはいかん、本当の事をやね、話さないとね。なぜなら居残り組の多くのお友達が彼等の眼で空襲を見ているんだからね』八木校長のこの話の中で私は徳島行きを決断しました。それでこの私がみんなの前でこうして話を続けている訳です。……では、これから歌わせてもらいます。曲は田端義夫さんの〝別れ船〟です」

芝生では息を殺すように見つめていた学童達は田村先生の話す一語一語を聞き漏らすまいとしているようであった。

♪♪～名残りつきない　果てしない

別れ出船の　銅鑼《かね》が鳴る
思いなおして　あきらめて
夢は汐路に　すてて行く
希望《のぞみ》はるかな　波の背に
誓う心も　君故さ
せめて時節の　来る迄は
故郷《くに》で便りを　待つがよい　♪♪

「以上で終わりです。校長先生も言われてましたが、あなた達は今このように元気でいる、これだけでも集団疎開に参加した値打ちがある事に気付いて下さい。……この元気な姿を今度逢える親御さん達に見せる事こそがあなた達が出来る最高の親孝行だという風に考えて下さい。この二日間、大変お世話になりました。この辺りで失礼します。敵の機銃掃射には方々気を付けて下さい。命を大切に。さようなら」

田村先生は一生懸命だった。まるで学校で柔道を初心者に教えるほどの、それ以上の懸命さを持ちボク達に接してくれた。また、歌に対しても同じ真剣な態度だった。

ややあって、田村先生と藤本先生は小声で何かをささやいていた。むろんボク達には何だか分からない。やがて両者は別れた。

「さようなら」

と田村先生はみんなに言った。みんなは、

「さようなら」

と言ったが、その声はどこかの合唱団のように大きく一つにまとまっていた。

田村先生はさんさんと降り注ぐ五月の陽光の中に消えてしまった。ボクは彼の唄った歌の最後の詞《ことば》、せめて時節の来る迄は、故郷《くに》で便りを待つがよいと唄った先生がこの戦争の最後を早くも知っている気がしてならなかった。ボクは、否、ボク達は祈った、田村先生また、いつか三軒家東国民学校でお会いしましょうねと！

〈父からの手紙〉

五月の下旬のある朝のことだ。

「白井、君に手紙が来てるよ。お父さんらやが、読んでみるか」

突然先生からそう言われて、ボクは震えた。お父さんが生きていたんだ。

「ハイ」

と震えながら答えた。

「先生がおらん方がえぇやろ、ゆっくりと読んだらえぇ。何か新しい情報があれば、是非聞かせて欲しい」

との伝言を残しながら、彼は自室に去っていった。

懐かしい父の文字が封筒の表書きに見える。父の書いた字を見ると、一字一字は上手くなくても、全体で見ると均整のとれた、中々良い字に見えるから不思議である。封筒は開けられてある。どうせ宮憲節だ。検問済みの印が押してある封筒を開ける。開けるや否や、父が初めに書いた事、それはボクの母の死である。この二月二十三日に母は身罷ったのである。母は肉体的、精神的に健全な期間は、ボクの覚えている限りは、極く短かった。

芳一兄は母が元気に活動している期間をかなり長く覚えているが、賢二兄はうっすらと元気な母を覚えていると言っていた。彼はこの二月の中旬に川島町から大阪に卒業式を前にして引き揚げてしまっていた。従って母の葬儀には間に合った訳だ。

さて父の手紙だが、母の葬儀が終わり徳島にいる敏夫にも書かないといけない思いながらの時期に、アメリカの空軍の大空襲に遭い、家は焼け出されてしまった事、何一つとして持ち出すことは出来ず、文字通り着の身着のままであった事、何より不幸中の幸いといえるのは、バラバラになってしまった一家五人が、怪我もなく大正橋の近くで会えた事、母は二月二十三日に亡くなったが、今思えば空襲に遭うことなしにお葬式を出すことが出来た事（若し母が三月十三日に生きながらえたとすれば、あの炎の中で母ほどの重病人を抱えて逃げ廻る事、それは死を意味する、どんなに大変なことかは解りますよ、お父さん）、その後、三、四軒の家に泊めてもらいながら今は西淀川区の父の友人のお宅にお世話になっている、これから先は愛知県の父の従兄弟の家でお世話になることを考えている云々というところで手紙は終わっている。

お昼休みに先生に逢い、父の手紙を見せた。

「ほう、お母さんが亡くなりはったんか」

「ええ」

とボク。ここで涙を見せないとアカンと思ったが、涙は出てこない。

「君には兄さんがおったやろう、川島の長楽寺におった」

「ハイ」

「よかったなぁ、二月初旬大阪に帰って、ほいで二月二十三日にお母さんの死に目に会うなんて。んで卒業式は出えへんかったんか、あッ聞いてる聞いてる、田村先生から。兄さん達が明日は卒業式やというその晩に空襲に遭うて、学校は焼けてもうて卒業式はお預けとなったんやな」

「ハイ、その様です」

先生さらに父の手紙を見て、

「そうやな、手紙を出したい時はここにある封筒の裏書の所に出したらええわ。そやけど兄さん、気の毒やなぁ、空襲を避けるための集団疎開やったやろう。それが卒業式やいうて帰った途端に空襲に遭うなんてなぁ」

先生はボクの家族が全員無事だったことを喜んでくれて、この会話は終わった。

関谷君も、栗山君も、板垣君も、もういない。女子では木津さん、奥田さんももういない。それぞれがお母さん、親戚の人が来て、それぞれの故郷を頼って集団疎開から離れていった。寂しくなった。

今夜はこの父からの手紙を抱いて寝よう。そして母の夢でも見よう。

〈戦闘機―鍾馗〉

これは六月上旬にあった話である。昼過ぎにボクは中庭で一人で休んでいた。するとブルン、ブルンという飛行機の爆音が西の方から聞こえて来た。それはそれは本当に遠くの西の空からだ。そうするとものの七、八秒もかからぬ間に、その機体はたちまち、ボクの斜めを約五百メートルの高度を下げながらやってくるではないか。一機ではない、二機だ。機銃掃射やったらどうしよう、逃げようか。

この時ふと、一年ほど前に確か少年クラブという雑誌に、我が空軍の戦闘機〝鍾馗〟が写真入りで載っていて、その姿格好がこの二機に酷似しており（カーチス、グラマンとは誰が見ても違う）、この判断を即座になした自分を褒めたいと思った。この時、林君と毛利君が中庭に来ていた。ボクはすかさず言ったよ。

「あれは〝鍾馗〟や、日本の〝鍾馗〟や、戦闘機や」

二人の友達は、安心した表情でボクの近くに寄ってきたのである。

二機はボク等の頭上を、それこそ百メートルの高度で翼の日の丸を見せびらかして東方向に飛んでいってしまった。林君が中ば興奮して言った。

「すごいスピードやったね」

ボクが、

「うん、あれが一番活躍してる戦闘機やでぇ、名前は〝鍾馗〟いうねん」

と言った途端に藤本先生が真っ赤な顔をして自室より飛ぶように出て来て、

「今飛行機を見上げとったんは誰や」

「ボクです」

とボク。林君と毛利君の二人が、

「僕です」

ということでヤリ玉にあがった。

先生は、物凄く怒っており、その右手は相撲の張り手よろしく、パーンッとボクの左のほほを張り上げた。

「あッ痛たッ」

とボク。

まさか藤本先生からこんな痛い仕打ちを受けるなんて。次にその張り手は林君にも及んだ。その次は毛利君にも。すかさずボクが言った。

「ボクがあれは日本の戦闘機や、鍾馗や鍾馗と言いました。それに翼に大きな日の丸が見えました」

その時のボクの気持ちといえば大部分が優越感で占められていたのである。ところが次の先生の言葉がボクの優越感をペシャンコにしてしまった。

「白井がなァ何ぼ良い事を言ってもなァ林なんかはろくろく考えもせんとそれに乗っかる。早よ言うたらアメリカの戦闘機が我々をだますために日の丸を付けている、こんな事をするのは朝飯前や。よーく考えてみぃ」

これだけ言って先生は自室の方へ去って行かれた。その後ろ姿にはボクは幾ばくかの寂しさがあるのを見たのである。あれ程の怒りをボク達にぶつけた先生が、である。

その晩よーく考えたが、悪いのはボクであった。日本の空を見上げて飛んでくるのは、機銃掃射が目的のカーチスかグラマンのみであったし、それに備えて我が空軍が彼等を迎撃するのは〝零〟であった。新聞、ラジオ等で、

「敵、戦闘機には十分、注意を！」

という文句が頻繁に使われていた。遠くの空であっても爆音を聞いた瞬間に物陰に身を隠すというのがボク等の使命であったにもかかわらず大きな顔をして、

「これが日本の戦闘機や、鍾馗や」

と叫び続けたボクは、どうして先生に謝ろうかと、そればかりを考えていた。もちろん、それが日本の戦闘機であったとしても、だ。

朝食の時間になり、ボクは昨日の事があったので林君と毛利君の間になる様にして座った。そして彼等に、

「ごめんね。ボクが日本の戦闘機やと言うたばっかりに……」

言いかけた時に林君が、

「うんうん、毛利君も僕も何とも思ってへんよ。よかったなぁ、鍾馗があんなに近くに見れて」

毛利君も、

「僕もあんなに近くに見たの初めてや、日本のために頑張ってはるんやねぇ」

と感慨を込めて言った。

そこへ先生が来られて林君の横に座られた。

「お早うさん、へぇ昨日の三人また戦闘機の話、しとんのやろ」

と笑いながら質問をかねて言われた。

「あの……違うんです。ボク等が間違っていたという事を先生に知って……」

ボクが全部を言いかける矢先に先生は、

「うん、わかってくれたか、それでええ、それでええ。そんな事より君等のほっぺた、叩きすぎたかいなぁ、白井どうや、林どうや、毛利どうや、どないもないかぁ」

と心配顔。三人は、

「どうもありません」

と同時に答えた。

「そうか、そうか……それじゃあ朝食をよばれよか、後藤田さん、ここにも一つ」

と先生。

三人は、ちょっとだけいい気分になって、大麦の御飯のおかわりを特別に入れて貰ったのである。

〈新型バクダン！〉

ボクはまだ覚えているかな、あの朝礼の時に先生が言った事を？　ここんとこ朝礼なんて滅多にないが、次の事を言われていたように思う。れっきとした大阪弁であるが、その辺はボクの想像である。

「ここ一週間ほど前にやなぁ、アメリカのＢ29がやでぇ、広島に一発のバクダンを落としたちゅう話やそれがやなぁ、今までのバクダンやったら五百キロから一トンまでどのバクダンでも破裂の角度は大体九十度や、どの方向から見てもなぁ。今度のもんは、いわば新型バクダンはなぁ、地上で破裂する角度が今までの倍の百八十度までにした訳や。

百八十度ゆうたら平面やで。九十度の場合やったら、どの方向にいたとしても、その破裂が四十五度になるから内におった人は助からん、外におった人は助かるという事になる訳や。分かるかぁ、その理屈を。毛利、分かるよなぁ。

新型バクダンの場合はなぁ、そんな角度による差なんてあれへんのやでぇ。百八十度やさかい、いわば平面や。その平面上ずーーーっとあらゆる方向にな、周囲二百メートルではなぁ、死亡率、殺傷率もぐんと増える（当時の新聞、ラジオ等は広島の爆弾の種類も解からず、原子の〝ゲ〟の字も書かないし、言わなかったのだ。ましてや十万人に近い人達が一挙に〝ピカ・ドン〟のドンとともにあの世に送り込まれたという事実などは、やっぱり禁句、禁断状態であった)。なーに、大した事はないと思う」

先生の声はいつになく弱く聞こえた。

「そこでみんなに頼みたい事があるんだわ。防空壕を作らないかんと思うんやけど、みんなが今までに見て来た、あんなチャチなもんではアカン。それにもっと地べたに深く深く掘り下げん事には用を足さん。近々に、ええなぁ、みなさんの協力を乞う。それを実現したく思う。以上で今日の朝礼は終わり」

これだけ言うと先生はあたふたと自室に戻られた。こんなことは初めてである。いつもなら朝礼の後お茶を一服でも飲み、学童一人か二人に冗談を言い、それからゆっくり立ち上がり、自分の部屋に戻られるのであるが。

今の先生の話、何かやばい。ボクは子供心にそう思った。

「大した事はないと思う」

この言葉の重みが随分乏しい気がした。解散後食事前のひと時を友達五、六人で過ごす。

八木君が青ざめた表情でボクに聞いた。

「白井君どない思う。広島の町ほんまに大した事ないいんやろか？」

「さーねー先生がそない言いはるから大した事ないで」

ボクはそう答えるのが精一杯だった。ボク自身大きな〝まよい〟を抱え込んでしまっていた。ボクにすればそれこそ〝生きるか死ぬか〟との問題やったから。〝生命力〟の問題やったからね。

「おいおい、今度の土曜日になぁ、防空壕の土台作りの作業を、穴掘りの作業をするんやてぇ」と中浜君。

「ほんまかいな」と井上君。

「いややなぁ、あんなんするのん、しんどいなぁ。B29もこんな田舎の鴨島まで来えへんのとちがうか?」と毛利君。

さらに続く。

「徳島市はな、県庁所在地やから、あれだけひどくやられたんと違うか?」

「シーッ、あんまりそんな事言うなよ。ケイサツに呼ばれるぞー」

と林君は毛利君を遮った。みんなはそれに従い黙ってしまった。

暑い暑い真夏の朝の会話であった。どこかでミンミン蝉が鳴いていた。

〈敗戦の日〉

先生が、壊れかけたラジオを居間に持ち込んでの集会だった。天皇陛下の初めて耳にするお声も哀れに思えてならなかった。そのお言葉の中で、最も解りやすかったのは〝たえがたきをたえ、しのびがたきをしのび〟という箇所だけだと後から思った。これだけで、もう解るような気がした。日本は敗れたのである。

ポツダム宣言を受諾したということに、戦後何年か経ってから、私は認識を深くした。疎開当時は、未だ子供心に〝あぁ、日本は正しいことをしているのに戦争に負けてしもた〟というぐらいにしか事態を考えていなかった。私自身どうすべきかを考えなければと一瞬思ったが、先生の〝待っとったら、えぇやないか〟という事のみに心を砕いていた。

つい一週間ほど前に、新型バクダンについての先生なりの説明があった。先生はおそらく日本が負けることを知っていたに違いないと私は思った。だから朝礼が終わるとあたふたと自室に戻られた。その時の先生の顔色は、血の気が引いて真っ青であった。

（八月九日に、米軍は長崎市にも新型バクダン（原爆）を落下したが、この情報を先生は私達に何も話していない。おそらく、これは新型バクダン以後、戦況が極めて悪化しており、ひょっとして近々、今日（敗戦）を迎える日が来るかも知れないと思い、これ以上ひどい日本の有様を、私達に知らせたくなかったのだと思われてならない）先生は放送終了後も、しばらく無口であった。私達疎開児童も、只黙して語らぬのがこの場の有様だった。

二十分後に先生が口を開いた。そして言った。

「後藤田さん、腹へったなぁ、何か食わしてんか」

その顔は半分悲しみ、半分喜んでおられる顔に見えた。

広辞苑より

ポツダム宣言＝アメリカ、中国、イギリス（後にソ連が参加）により、日本の降伏条件を定めて発表したもので、軍国主義的指導者の除去、戦争犯罪人の厳罰、日本の領土の局限などを規定。日本は、始めこれらを無視したが、原子爆弾の投下で一九四五年八月十四日に受諾。

〈別れの日〉

九月二十日のお昼過ぎに父が来た。驚きと敬意の混ざり合った感覚で、ボクは父を受け入れた。戦争と戦災で驚くほどにやせ細った父。戦闘帽を被りゲートルを巻いた父が、

「敏夫、元気にしとったか」

と言った時には、私の心臓は激しく波打っていた。

「うぅ～ん」

と言ったきりボクの言葉は後に続かなかった。先生が自室から出て来て互いの挨拶を交わすと、父は先生の意に従い自室に招かれた。

居間では子供達が、

「白井君、よかったなぁ、大阪に帰れて」

「うちらどないしたんやろね、父ちゃん、母ちゃん。白井さんらえぇなぁ」

「白井君、よかったな」

と交互に交わす。こうした喜び半分、羨み半分の声といおうか、つぶやきといおうかは、子供達のこの時の、正直な表現である。無理もない話ではある。ボクは声に出ない返事を繰り返すのみであった。

やがて、一時間ほどして先生は父を従えて居間に姿を見せた。そして言った。

「白井君のお父さんがやなぁ、白井君を連れ戻しに来られた。白井君はなぁ、お母さんが、この年の二月に身まかりはったんや、亡くなりはったんや。続いて三月十三日の空襲で、その時一家五人全員が、着の身着のままで焼け出された。それでお父さんの西淀川区のお友達のお宅に、一家ぐるみで世話して頂いていた。白井君、ここまでやったなぁ、君のお父さんの手紙の内容は」

「ハイ、そんなとこです」とボク。

父がかなり低い、そして小さい声で言った。

「先生には手間を取らせて済んませんなぁ。ここに居てはる藤本先生、後藤田寮母さんには本当に息子がお世話になり、お二人の御尽力には、お礼のしようもありません。ここで皆さんに、その後白井家に何が起こったかをお知らせしましょう。これは、あらかた先生にも伝えてます。今ここで言うのは何とのう口はばったい気がするのですが……」

父がしばらく間をおいた。そして言った。

「たった今先生から説明のありました西淀川区の私の友達の家が、今度は六月十五日にB29の空襲でやられました。夜八時頃の警報でやって来たB29が、焼夷弾ならぬ爆弾をよ～け落としよりました」

居間には男の子五、六人と女の子二、三人が先生と父を中心にして、各々が自分の座布団を持ってきて座っているのであった。初めは、

「白井さんはお父さんが迎えに来ていいわね」と半分やけ気味でボクに応じていた女子も、ボクが母を亡くしたことを先生から聞き及んで、再びボクを同情の対象にすることに異存はないと思ったに違いない。

父は物語を小さい声でなお続けた。

「八時ごろ空襲警報のサイレンが鳴ると同時に、私等は中川さん夫婦と、かなり家から離れている所に作られた大きな共同の防空壕に逃げ込み、やっと命拾い出来た訳です。西淀川の野里町には高射砲陣地があり、アメリカ軍はB29に思いっきり野里に集中して爆弾を投下せよとの命令を出したらしいです。今考えてみると、私等一般の住民には焼夷弾、軍隊には爆弾という風に分けて使いよったんです。

近くに高射砲の陣地がある中川家なんか、たまりませんでぇ。なんせ壕の中で耳に栓をしてうずくまっていても、いつ自分は死んでしまうのんか、何時やられてしまうのんかえげつなく激しいバ〜ンッバ〜ンッという爆弾の破裂音がひっきりなしに、それはもう耳だけやなしに、身体中に響きよりましてね、今でも」

父は、いつもの父らしからぬ弁舌をもって、大阪の言葉で語り続けた。先生を始め一同は、後藤田さんの入れてくれたお茶も飲まずに父の話に聞き入っていた。

祖父母は、日頃信仰している〝ナムダイシヘンジョウコンゴウ〟と〝ナマンダブ〟を繰り返し唱えていた。芳一兄、賢二兄はこのような爆弾の経験は初めてなので、怖さ九割、興味一割で、今のは二百キロか、三百キロか、五百キロの爆弾かなどと言っていたが、その実怖くて不安でやり切れなかったのではないか。

翌朝壕を出て、我々五人が中川さん夫婦と共に昨晩のB29の爆弾の跡を見に行く。あたり一面がガレキの町に変わっている。一同唖然とする。中川宅とおぼしき所に着く。無い、家が無い。新しく借りた二階建ての中川さんの家が無い。むちゃくちゃになったコンクリートの塊と、敷地一杯に広がった瓦の砕けた山、大中小の木片と、後は諸々の鉱物のようなものと、植物のようなものだけである（溶けて何だか解らない）。中川さんは未だに呆然としている奥さんに何か話をしている。彼等も私等と対等の立場になってしまった。焼け出され組だ。

中川さんは、今晩どうするということを奥さんに決めさせるべく、彼女の耳元で囁いた。奥さんの実家は省線で四、五駅行った所にあるらしい。これからそこへ行くらしい。もう腹を決めていた。愛知県の木曽川の近くの従兄弟の家（農家で主人が出征している）に行こう。中川さんにその旨伝える。彼は了解する。中川さんとは再会を約束して別れる。私の使命は、家族四人を木曽川べりの従兄弟の家まで送り届ける事だ。その事をやり遂げるのに三日中かかった（昭和二十年六月十五、十六、十七日）。

今は家族四人が仲よう木曽川べりの農家の納屋で、農業を手伝いながら毎日を過ごしている。

以上で父の話の要約は終わりである。ボクの覚えている限り、父はこんなに話をする人ではなかった。はっきりいうと父は寡黙な人である。これはやはり、最近の父への出来事があまりにも頻繁すぎるのと、又そのような出来事のどれを取ってみてもあまりにも常人離れしたものであったからであろう。それ故父はより寡黙になってしまっていた。その寡黙ぶりを片時忘れさせてくれる、こんな機会に父は思い切り喋りたかったのではないか。

この父の話を感慨深そうに聞いていた先生が言った。

「お父さんの話を聞いていて、信じられない程多くの出来事に対して、只々本当にご苦労様でした、という他は言葉が見つかりません。だがこれからは違います。ポツダム宣言を受諾して日本は敗れた。敗れたお陰で僕等の、いやお父さん等の思いは、生活はきっと楽になる筈です。それは長くかかるかもしれません。だが信じて下さい」

ここで先生は一息入れる。

「軍隊は無くなる、このことだけでもえらい違いや。今までやったらね、誰それに赤紙が来て戦場に行ったが死んでしもたやろうかとか、誰それが白い布に包まれた小さな箱に入れられ、英霊になり帰って来いはったとかは、もう無くなるんやで」

学童の一人が先生の言葉を遮るように言った。

「それほんまですか」

「ほんまやがな。ポツダム宣言を陛下が認めはった、八月十五日に。ラジオで聞いたやろ。これは信用せなあかん。あれから見てみぃ、飛行機は一機も飛ばん、空襲警報のサイレンは鳴らん、夜中に電燈をつけっぱなしにしといても誰も文句は言わん。先生は静かな夏の夜を一ヶ月程楽しめたわぁ」

学童達は今になり、初めて敗戦を知ったかのようである。

「そうや、そうや、この周りの空気が違っていたわ」

「この二週間ほど、そうやなぁ」

先生は続けた。

「これからは軍隊が政治から退き、民が民を治めるようになる。ポツダム宣言もこれに触れています。民主化という言葉があるねんけどな、聞きなれん言葉やけど、ごっついえぇ言葉やでぇ。民主化か、民主主義か、えぇ単語やがな。耳にとってもえぇ。白井君のお父さんも、これからは民の一人や思うてな、今までお父さん達をほんま、えらい目に合わした人達を見返してやろうやないですか」

父はそれこそ目をパチクリさせて、先生の言葉にどう返事をしたら良いか迷ったようだったが、

「えぇ、そうでんなぁ」と言った。

「先生、長い間お世話になりました」

すると先生が、

「白井君、ちょっと早いがなぁ、夕飯を食べてからにせ～や。お父さんそれでいいでしょう」

ということになり、後藤田さんの最後のお給仕で父と共に二人だけの夕飯を戴くことに

なった。

「敏ちゃん、お父さんに来て戴いてよかったわね、でも寂しくなるわ」

「ええ、ボクも手紙出しますからね」

「ええ、そうして頂戴ね」

「お父さん、後藤田さんにはなぁ、ごっついお世話になったんやでぇ。ボク、しもやけが指と足に出来てしもてん。その時になぁ、人に言えん位あんじょう介抱してくれはってん。お父さんからもお礼言うてや」

と父に催促する。

後藤田さんは、

「そんな〜」とためらう。父は、

「そうかそうか。後藤田さん、息子がほんまにお世話になったそうで有難うございました」

ボクは、

「詳しい事は汽車の中で言うさかいなぁ」と言った。

「でも、良かったわぁ、すっかりよ〜なって！　そんなことよりも〝しもやけ〟の崩れた傷跡が心配やねぇ」と後藤田さん。

父がすかさず返事をする。

「なぁ〜にィ、後藤田さんにこれだけ面倒見てもろうてて傷跡ぐらいで文句ゆ〜てたらバチあたりますよ。すみません、もう一杯お代わりを……」

　父はよっぽどお腹が空いていたのであろう。これで三杯目である。

　この夕飯は後藤田さんが特に気を遣ってくれた。卵焼き、じゃがいもの煮っころがし、味噌汁、漬物等である。特に〝卵焼き〟などは鴨島に来てまだ二回目の貴重食である。ボクは麦飯一杯で事は足りた。父はこれから始まる三男坊主と一緒の旅程を考えての三杯目だったのかも知れない。食事を終え、先生と後藤田さんに、父は丁寧に食事のお礼と別れの挨拶を交わしている。後藤田さんが茶色の紙包みをボクに手渡した。

「これ、カバンに入れといて、干し芋じゃけんねぇ」

　肩掛けカバンに〝おみやげ〟を入れて我に返ったボクは、〝しめた！　干し芋がこんなに沢山手に入った！〟と思った。賢二兄もこれで満足してくれるに違いないと思った。何故なら彼も知っている寮母さんからの徳島（鳴門金時）の〝おみやげ〟だったからである。

先生はにんまりとされていたが、最後に大きく、

「さようなら、いつまでも元気で！」と叫ばれた。

　鴨島駅には早くも男子一同が、私達を見送りに来ていた。毛利君を始め他に八木君、中浜君、井上君、林君、桧下君等は皆、同じ境遇の下で生きている。家が空襲でもう無い、家族の誰からも音信不通で駄目。どうして今後生きていくのか。

「待ってたら、えぇ」

　では、もはや通用しそうに無い。今は只、

「負けるなや、どんな事態にあおうとも！」と心の底から祈るばかり。藤本先生頼みます、この仲間等のために、もうひと頑張りされん事を!!

駅の待合室でベンチに座り込んで、父とボクを交えて一同が話し込んでいる。話題といえば勿論、子供達が今までにそれぞれが行ったことがある有名なところ、或いは行ったことは無いけれど、国民学校（小学校）の五年生としては知らなくてはいけないところ、例えば中央公会堂、プラネタリウム館、大阪城、美術館、（ＮＨＫ）中央放送局、動物園、高島屋、大丸等々が、今でも無傷かどうかである。

父は以前個人タクシーの運転手をやっていたので、大阪の市街地には人一倍詳しかった。父の答えはおおむね、子供達が質問した所は大丈夫とのことであった。それで彼等はやや安心したのか

「そうですか。それはよかったです」とか、

「へぇ～、それを聞いてほっとしました」

等々の答え。それぞれの家が跡形もなく焼けてしまったというのに！　それぞれの親達の音信が、未だに不通だというのに！

「お父さん、そろそろプラットホームに行かれませんか。あと十分です」

浜中君は、改札口の真上に掛かっている時計を見ながら父を促す。

「ありがとう」

と父は言い、立って戦闘帽をかぶり直した。

「みなさん、敏夫が今日までお世話になりました。ほんまに有難う。近いうちにみなさんも大阪に帰れます。他に言うこと一杯あるねんけど、敏夫が着いたらすぐに手紙を書くと言うとるさかい……ではみなさん、さようなら」

「さようなら、白井君さようなら」

と学童五人の声。父とボクが改札口のおじさんに切符を切ってもらった時であった。上りの汽車が客車三両を引いて鴨島駅にやってきた。丁度二両目と三両目のデッキの所に二人は来ており、汽車はそこで停まった。二人は乗り込んだ。満員である。父はデッキの所にいたが、

「もうここでかめへんか」

と言った気がしたので、ボクも父に従う。

するとどうしたというのか、さっきの仲間五人の学童がずらりと並び、ボク達のデッキの前に立っているではないか。これは改札口のおじさんに頼んで入れてもらったに違いない。汽車はゆっくり、静かに駅を離れた。ボクは大声でとっさに言った。

（徳島弁で）「夕飯のオカズは〝卵焼き〟やけん！　後藤田さんが言うちょったけんな！」

井上君が笑いながら叫んだ。

「ほんまか！　僕生きてる間にもう一回〝卵焼き〟食べたいと思うててん！　さよなら白井君」

あとの四人も笑いながら、
「白井君、さようなら」と言う。
汽車は大きくボウー、ボウーといいながら、東へ東へと走る。

〈帰途にて〉

　父とボクは、岡山で夜行列車に乗り込み、朝七時頃やっと大阪にたどり着いた。だがこの旅の最終の目的地は大阪ではない。もう一息頑張らなくてはならぬ。木曽川のほとりの農家の納屋まで。

「お腹減ったよう」

「乾パン食べるか」と父。

　二人は空いているベンチを見つけ出し、そこに座ると父の持ち歩いていた乾パンを、それぞれ七、八個ずつ食べた。食べ終わり、水筒のお茶を飲むと、

「敏夫、見てみぃ。大阪駅からお城が見えるぞう」

　と重々しい声がした。

「ほんま、どこどこ」

　と父の指さす方向に眼をやると、その向こうにまがう方なき大阪城が三キロほど先にくっきりと見えた。

　右横には放送局らしい建物。

「ほんまや、大阪城や」

ここ大阪駅前は、そんなに激しい空襲に見舞われたんだな。文字通り火の海となり、大阪城まで主要な建物が何も残らぬくらいに焼き尽くされ、ぶっ壊れて、果ては三キロほど先のお城までもがここ大阪駅から見えるようになったんだなぁ。駅前一杯に拡がった赤茶けたガレキが延々と続き、それがお城まで達している。

「お父さん、大阪はひどいね。これ全部焼夷弾やろか」

「そうや、そうや」

父は至って平静な態度をとろうとしていた。

「焼夷弾はな、一発B29から落としたらなぁ、それが目的物の見えるとこまで落下して、そうやなぁ、百五十、いや二百メートル位か、その一発が数十個に分かれて落ちてくる。早く言えば一発が五十、六十箇所の火元になるんや。それがや、数機が来てやりよったんと違う。B29がやでぇ、百機はおろか数百機もきてやでぇ、焼夷弾を落としていった。なんぼ大阪がだいおおさかやいうたってなぁ、あないなB29が数百機も来て焼夷弾を落としてみ～な。大阪中が火の海や。焼け野原になるでぇ」

ボクは只驚いて、

「そら知らんかったなぁ。そいで、みんなよう生きていたなぁ。兄ちゃんも、賢ちゃんも、おじいちゃんも、おばあちゃんも」

父は言う。

「奇跡や、奇跡や、そう思ってなぁ。ありがたいこっちゃ。これからお父さんも大阪でお前達のために頑張るからなぁ。お前も頑張りや。敏しゃん！」

　初めて父がボクの愛称である〝敏しゃん〟という呼び方で呼んでくれた。これで父との間に介在していた膜が破れた気がした。膜というと大げさに聞こえるが、一年の間疎遠になっていた親子の関係が、呼び方一つで元に戻ったという当たり前の話である。

「そんで焼夷弾について、もう少し話をしようか」

「うん、かめへんで」とボク。

「空からナンボでも鉄の塊が落ちて来る。そんなんに当たったら絶対にもうアカン。即死や。芳一の友達で川崎君いう子が居ったんやけど、それや、即死や。賢二の友達で伊藤君いう子が居ったけど、焼夷弾が当たる、即死や。芳一と賢二に聞いてみぃ」

「川崎君、よう知ってる。あの人が死んだんか？」とボク。

「あの鉄の塊、長さ五十センチ、幅十センチあったなぁ。そんなんがうちにも二階の物干しに落下した。うちはおじいちゃんがな、ボロ布で何とか火を止めようとしたが、その間に他から燃え移ってくるわ、家の中にも焼夷弾が落ちてきよるわで、消火をあきらめて階下へ行き、日頃の分担で決めてあるように、我が家の仏壇を背にすると、家族一緒になり火災の中を逃げ回り、やっと臨港鉄道のガード下まで来たわけや」

「仏壇を背に……何でまたそんなことをしたん」

「お前のお母さんのなぁ、四十九日、まだ済んでなかったから。四十九日いうてな、亡くなった人が極楽に行ける日や。その日を迎えるにあたって、お仏壇がないと亡くなったお母ちゃんに合わす顔がないということで、おじいちゃんがこういう空襲なんかの時は責任を持つからという事になっていた。それを実行したんや」

「おじいちゃん、やるなぁ」とボクの感嘆の声。

「うちでただ一つ家財道具で持ち出したもの、それはおじいちゃんの背中の仏壇やった。その仏壇も、西淀川の中川さんとこで爆弾で飛ばされてしもた。お母ちゃんのお骨と一緒に」

「……」

「お母ちゃんには悪いんやが、家の具合が落ち着いたらな、そこで四十九日にしようと思う。お寺も住職も決めてな。それでいいやろう。仏壇の新しいのんを買うたらえぇと思う。何時になるか判らんけど、何年もかかるやろうけどあの戦争がなくなったんや、どうや敏しゃん、それでええか」

　ややしばらくして、

「それでええやんか」

「よ〜し、芳一も賢二もそれでえぇと言いおった。よ〜し、頑張るぞ！　尾張の納屋には今日中には着くやろう。楽しみやね。おばあちゃん、どんなご馳走を作ってくれるかな、〝敏しゃん〟のために。久しぶりでお祝いや！」

　と父が心から晴れやかに言う。

「ええなあ、もう戦争あれへん、空襲もあれへん。おじいちゃん、おばあちゃん、よかったなあ。よか……なぁ」

ボクは四年生、五年生になって以降、初めて涙を流した。父に見られて良い嬉し涙を！

「さあ、もう行こか」

と父が汽車に乗り換えのため、立ち上がって戦闘帽をかぶり直して言った。

「そらそうと、藤本先生、お前良い先生に当たったたなぁ。あんな考えの人、滅多に居らん。あんな先生、滅多に居てはらへんでぇ」

「そや、ボクもそう思うててん」とボク。

第三部　立田村のこと

〈二つの思い出〉

敗戦になり集団疎開で徳島での一年間に既に述べたように実にいろいろの事を経験させて貰った。

ボク達は子供であったにも拘わらず精神的にも敗戦に成ったお陰で、ずうーんとずうーんと楽になった気がしたのである。

敗戦も近くなり次の二つの事が思い出される。

先ずは広島に落とされた新型バクダンの事である。ボクは即座に思った。

「えらいもんをアメリカが作りよって、どうにもしゃーないなぁ」と。

待てよ先生は、

「これは大した事はない。ただ君達が今まで見てきた様なチャチな防空壕ではアカン」

と言った。もちろん先生を含めてこれが原子爆弾である事を誰も知らない。そんな知識を持ち合わせるものは誰もいない。この世でそんな怖ろしい知識を持つ者は極少数の化学者だけだ。藤本先生は続けた。

「もっと深く掘り下げんと……」

と言われたが、それをやろうではないか？　ボクは不死身で強いんだ（ここで威張らんと他に威張るとこないよ）！　この場では先生、青ざめて自分の部屋へ帰られたが、毛利君達を誘って言おう。

「先生、例の仕事をやろうではないですか」と。

ボクの座右の銘は〝生命力〟や……と思いながら、今日言ってしまおうか、明日にしようかと二、三日モタモタしている間に八月十五日（終戦）に成ってしまった。ボクの思いは〝パア〟になってしまった。

また八月の上旬頃だったかなあ、友達の一人が、

「敵が大阪ではなく高知の室戸岬を目指して上陸を考えているかも知れない」

と言ったが、ボクはボクで或る一つの考えを持っていた。ボク達は竹槍がなかったし、それを手に入れる事も出来なかった。だが裏庭に行けばあるある、洗濯竿が。今は三本使っているが残りは四本、計七本か。これ等を自分達の背丈に応じて切ればいい。握り具合といい、長さといい、これだけで立派な竹槍が出来るんではないか？　とまでを思いついたのだが、ちょっと待てよ。今アメリカ兵はごく近代的な兵器（火災放射器）を携えて日本に上陸して来ようとしている。それでボク達のような子供達をも犠牲にだってするんだ。ボク等が竹槍を握ってたら、それこそイチコロや。殺されてしまう。そんなんいやや！　竹槍と改良された火災放射器だ。どっちに利があるか誰にでも判る。子供対大人や。神よ、余りにも不平等ではないか、この配分は。

この様にしてその後二、三日間は悩み続けたが、殺されるのは必至。もう降参だよ。

そこでボクは大声で、

「ヘルプミー！」と叫ぶ事にした。

これで行こ、白旗を持って（ヘルプミーは英語で〝助けてくれ〟という事だそうだ。これは井上君が二年生の時にマンガの本で覚えた唯一の英語で、それをボクに教えてくれた）！　幸いというか不幸にもというか藤本先生はこの友達の〝話〟を、彼の耳に届いてはいなかった。若し本当なら〝ヘルプミー〟で行こう。この作戦で行こう。こう決断してからボクは先生の〝室戸上陸〟の報告を待っていたが音沙汰は無し。この件も敗戦で〝パア〟になってしまった。喜ばしい事だ。この二つの思い出こそ〝パア〟になった喜びを知る事が出来たのだと今でも思っている。

〈再々度のお願い〉

さて、徳島より今度は愛知県海部郡立田村の祖母の親戚（農業）の横井家へ、父に連れられて行く事になるのだが、そこでは既に祖父母と賢二兄の三人がこの六月の十七日から今日（九月の二十三日）まで世話になっていたのだ。これは六月の十五日に西淀川区で爆弾の被害に遭い、新しい住家が無くなった為、祖母の計らいで今年の三月に焼夷弾で大正区三軒家の家を焼かれた時と同様、横井家の世話になる事を決めたのである。今回敏夫が世話になるというのも実は三回目に或るのであった。

祖母と横井家とのつながりは、横井家の戸主の明一さんの父親が、松次郎さんという祖母の直ぐ下の実弟で、既に今（一九四五年）から数えて二十五年ほど前に病死している。明一さんは母すまさん一人にその後育てられて成人し、隣村の堀田タキさんと結婚、一子明さんをもうけて直ぐに出征している。明一さんは戦場では南方に送られ未だに生死不明。すまさんとタキさんは一日一日を千秋の思いで彼の帰りを待っているのだった。

父が大阪で白井家の家族六人が一緒に生活できるような家が見つかる迄は、納屋の片隅に作った四畳半の一室でいいから置いて欲しい旨を改めて頼み込んだのである。父と長兄は空襲で焼け跡の福島区の下宿でそれぞれの仕事（長兄は昼は工員としての仕事、夜は夜学生）をやり遂げるという事になっているが、尾張に残る四人が大阪に帰る迄には、二年半の長期に亘ってしまった。

幸いすまさんは「二回も空襲に遭って家もおじいさんの商売道具も一切を焼失した哀れな一家」には、父の要求には快諾せざるを得なかった。何の条件もつけなかったのだ。

必然ボクは転校する事になったのである。

〈尾張で得た事〉

敗戦になり軍隊が消滅したので必然ボク達の家庭でラジオに入り込むニュースも、あの堅いアナウンサーの声で「大本営発表……」が無くなり、音楽も『リンゴの歌』などの様な平和で家庭的な曲が流れるようになった。人々は「これでいいんかな?」と半分ためいがちになっていたのである。その後「新日本建設」の五文字が人々の気持ちを何となく捉えて、日本の進むべき道なんだなと気付いた時、あの焼け跡でガレキだけに成った東京に、大阪に、名古屋に、そして全国的にこの「新日本建設」が光を放ちだしたのである。小学校の五年生のボクでさえ習字の時間にこの文字を書いたのである。「新日本建設」と。

さて、尾張(愛知県)でボクは何をしたのか。何を得たのか。思いつくまま書いてみよう。

友達関係=黒田将夫君だな。彼は父君が不治の病で倒れ、その後京都で直ちに得度をして、法衣を着て十一歳にして檀家回りをするお坊さんだった。そう、随順寺というのが寺の名前であった。その寺の庫裏でボク達二人はよく宿題をしたものだった。もちろん他にも大勢の友達はいたが、その中で最も印象の深いのは黒田将夫君だ。

農作業の事＝田植えや稲刈りの手順を覚えた事、さつまいもやジャガイモの苗着けや収穫を覚えた事等、ほとんど機械を使わず手作業でやった事。又四季に応じて果物が採れるが、実際にその木に登って虫取りや収穫を楽しんだ事である。

一九四七年春の選抜野球が再開した。近くの津島高校が初めて甲子園の大会に出た。その時のキャッチャーの河野さんの自宅が横井家のすぐ傍だった。これに刺激を受けて兄がその辺のボロ布とタコ糸を使ってミットとボールを作ったのである。これが凄くいい。この後中学、高校時代にキャッチボールで、

「白井君、いい球を投げるやんけぇ」

と相手に言われた時に思い出すのは、賢二兄と彼の作ったミットとボールだ。その兄も二〇二三年の十一月にこの世を去った。

いなご、たにし、鯰、鮒、モロコが意のままに摂取できた。鯰のうまさは格別で、三年ほど前に食べた鰻を思い出させた。これも祖母の味付けがうまかったせいもある（動物性タンパク質がこれ等によって補えた）。もちろん、鮒、モロコは賢二兄とボクが釣りに行き取ってた魚であるがこの二種類は常時、いなごとたにしは秋のみ食膳を賑わせる。

歌の世界も大きく変わった。戦争中、軍歌や軍国調であったものが（私は歌に関してはラジオ放送だけしか知らない）『リンゴの歌』か『みかんの花咲く丘』か『子供の歌』である（『お猿のかごや』、『一茶のおじさん』か、『見てござる』）。

「よかったなぁ、戦争に敗れて！」

ボクは『一茶のおじさん』をラジオで聞いていてつくづくそう思った。

一九四六年の秋頃だったかなぁ。日本の政府がインフレを抑える為だかなんかの目的で紙幣を新しいのに交換した事があったなあ。その時の十円札には確か〝米国〟の文字がデザインされていたようだ。この時の大人の散髪代が十四円と記憶している。

戦時中に使わされていた国民学校が消え、小学校になってしまった。ボクは立田村小学校を卒業後すぐにこの年に生まれた新制中学校に入った。一九四七年四月に立田村新制中学校の文字通りの一期生になったのだ。この号数は続いており今年度の新入生は七十七期、来年は七十八期なる筈である。

この中学校で初めて習った国語は宮沢賢治の〝詩〟である。あの誰でも知っている〝雨ニモマケズ……サウイフモノニワタシハナリタイ〟だった。先生は授業の終わりに、「これはカタカナのカナ遣いで覚えやすいから、なかなか良い内容だから誰でも空で言えるように」

という事だったのでボクは必死で覚えた。家でそれこそ脇目もふらず一生懸命になって。

今でもボクはこの詩を空で言う事ができるよ。

数え上げれば、手持ちの原稿用紙が足りぬ位のもろもろの出来事であった。
今回は徳島から愛知の学校に転校の手続きを済ませてから一時間目の授業が終わる迄を描いたものと、兄弟が鮒釣り三昧になりゆく様子を描いたものの二編で留めて置きたい。

〈立田村の事〉

立田村は尾張（愛知県）の西のはずれにある。西に向かって木曽川、長良川、揖斐川と大三河川がたて続けに続くが、木曽川だけ愛知県に属しあとの二川は三重県と岐阜県に属している。村は水郷であり米作り農家が村全体の八十五パーセントを占めている（一九四五年当時）。東に向かうと延々と広がる濃尾平野。そこら一面の黄金色一色に輝く田園風景。もっともこれはこの年の十月の印象であり、私の忘れえぬ思い出なのである。水郷と述べたが小学校の門の前に鵜戸川という川、これは水源を木曽川から取った川で幅二十五メートル程のもの。そこで鮒や鯉を釣った事をいまだにはっきりと覚えている。長さ二十五センチ程の鮒を三十匹釣り上げた快感は、人には言えぬ快感であった事は確かだ。わあ、忘れていた。賢二兄が一緒だった。一人十五匹ずつだったよ。あとでケンカにならんように決めていたんだっけ。この鵜戸川は水源を発していてそこから村のあちこちの部落の用水川に必要な水を供給していた。この用水川は各部落にとってありがたい存在だった。人々はそれによって、飲み水、煮炊きする水はさておき、農業用の灌水をはじめ、洗濯は出来る、野菜は洗える等、文字通り生活用水の役割を果たしてきた。同時に私達のような疎開者の完全なる逃げ場〝釣りが出来る事〟である。水面をよく見ると魚の描いた波紋が幾つも見えていた。

〈転入の事〉

九月二十五日か、このあたりで私が戦後初めてあじわった転校の模様を述べてみようと思う。祖母に連れられて職員室で五年生に編入するのに必要な手続きを終え、祖母に別れを告げると私は直ぐに五年一組の教室に向かった。教室は直ぐにわかった。教室の入り口を開けて中に入った。もうすぐ先生が来て一時間目の授業が始まる時だったので、生徒全員が席に着き各々が左右前後の生徒と話をしているところだった。私はこういう瞬間がいやでいやで仕方がなかった。みんなは話を止めて視線を私に向けだした。その時入口は再びあいた。あの私の手続きをした中年の男の先生がニコニコしながら入って来た。私は少なからず安心した。先生は教壇に着くなりこう言った。

「今日は珍しいみんなの友達を紹介する。大阪から見えられたシリァーイトシオ君じゃ。シリァーイ君はなも大阪の家が三月の空襲で焼かれてまってよーっ、それも二回じゃ。一回目は焼夷弾、二回目は次に行った家が六月に爆弾でやられてまってよー。幸いシリァーイ君は去年の九月からこの九月まで学校から集団疎開で四国の徳島に行ってりゃーてこの災難は免れたがよー。正夫、集団疎開とは何かな、哲夫？　正明？　誰か知っている者はおらんのか？」

「ハイ、それは空襲で都会がやられた場合被害を少なくするために前もって子供達を安全な所へ移す事だと思います」と誰かが答えた。

「うん正しい。それを学校としてみんなで何百人何千人のいう子供を移すんだから集団疎開だわなあ。明、お前さん偉いな。その調子で勉強しゃあせよ。これでシリァーイ君も始めは何だがよー。二、三日のうちに友達もできるだに。それ迄は辛抱してちょうせ」

あぁ忘れていた。今の先生は五年一組の担任で、名前は横井米造といい、四十歳である。横井というのはこの辺では数多くある名字で、今お世話になっている父の従兄弟の家の名字も横井である。横井は後程判ったのだが同じクラスに五人もいる。先生のことを、学童は〝よねさ〟〝よねさ〟と呼ぶのが良いらしい。問題は私の名字だが、白井をシリァーイ、シリァーイと言うのが気になる。早く尾張弁を覚えてしまおう。単語も大事だが、それをどう発音するかも大事なことだ。抑揚が如何に大事かということだ。

「昨日、諸君に頼んどいた硯箱と国語の教科書、持っきたかや」

一同「はい!!」と答える。

「それではっと……今から、国語のこれから先に使ってはいけない文章又は単語を先生が言うから、それに従って先生の言う文章なり単語を、手に持った墨で勢いよく消して行ってくれるかのう。これは先生に対する上からの命令だでよう……上というても教育委員会よりまっと上だわ。文部省よりまんだ上です。総理大臣なんかじゃない。アメリカ軍のGHQと言うてなあ。最高指令部より出された命令ぢゃ。GHQの一番の偉いさんはなも、マッカーサー元帥だがや。まあここでアメリカさんの言う事聞いたろまいか。まず気を配ならならんのはなも、忠君愛国的な言葉を消す事、それと暴力で物事を解決する事等々じゃ。未だある……」

先生はそれから一、二の例を挙げてそれらを黒板に書き並べた。

先生と生徒が教科書の墨塗りに時を過ごしている間にも、私は横井という名の生徒が五人もいる事も、伊藤も四人、堀田も四人、平野が三人もいる事に気付いた。それは今座っている直ぐ隣の生徒が級長か何かをしていて、彼が五年一組の生徒名全員のリストを持っており、それを見せてもらった次第である。これじゃあ先生は、正夫、正明等と名前を呼ぶのが当然至極である。

やがて一時間目終了を告げるベルが鳴った。

「今日一日で済むと思ったがや、意外と時間がかかるものじゃなも。それでは……と、明日またみんなに同じ事をさせるでなぁ。悪いが硯と筆をそのまま明日まで机に置いといてちょうだいすか、悪いなぁ」

先生は自分の落ち度でもないのに〝悪い〟の連続である。次に彼が言ったのは、

「昨日〝赤虫〟を頼んだのは誰じゃったかいな……正夫、正明、一三《かづみ》、晴雄、確かこの四人じゃったなぁ。今持ってきとうるに早よ取りにいりゃあせ」

と、四人がぞろぞろと先生の前に出てきて我先にと直径三センチほどの皿状の容器に入った〝赤虫〟を受け取る。

「それからなも、シリァーイ君のことだがよー、これからはなもトシオ又はトシオ君と呼ぶことにする」

これで助かった。これでラ音をリァ音にすり替える必要がなくなったと思ったことがどれほど嬉しかったことか。

一時間目の授業が終わると私の周りには十人ばかりの人垣が出来た。

「トシオは大阪から来た客だぎゃあ」

「トシオ、ここは名古屋からの疎開者が多いでよ、このクラスにも六、七人はおるんでよー」

「大阪からの疎開者はトシオだけじゃ」

「トシオ、大阪の話聞かせてよー、頼むによー」

しばらくはトシオと大阪の見せ場が続いた。私にはこんなことは生まれて初めてだしどうしたらいいか分からないので、嵐が収まるまでじっとしておこうと思った。しばらくすると、

「トシオ、お前さんも先生から〝赤虫〟買ってなも、俺と一緒に釣りにいこまいか」

と、誰かが言った。そうか〝赤虫〟は釣りの餌だったのか。ここで大阪人の私は初めて尾張住民への接し方が私流で合っているのかどうかを試す時が来たなと思った。ええい、かめへんわい、どうせ発音も抑揚も大阪人流にしか出けへんねんから。

「ボク、赤虫が魚釣りの餌になるとは知らなんだわ」

と言うと、一同はドッと笑う。抑揚やなと思う。私は皆が笑った直後に同じように笑って、

「知らなんだわ」

と今度は大阪風ではなく尾張風に〝なん〟を大きく強く発音すると、大半は前回と同じようにドッと笑ったが、何かそこには大阪と尾張が通い合うものがあるなあと感じた。

「トシオは今までに魚釣りをした事あるきぁ」

と背の高い生徒が問いかけた。

「いいや」と言うと、

「そんならな、いつか津島に行こうまいか。おーらの自転車でよー。おめーさん、五年一組に入りゃーた限りは〝よねさ〟からよーう、横井先生のことだに。〝よねさ〟から赤虫買って、それでもって釣りをする。これが常道じゃ」

私が言った。

「でも釣り竿も何も持ってへんもん」

皆がどーっと笑う。笑った直後に別の子が笑顔で、

「そんな場合は、今の堀田博明に、博明の自転車に任しときぁ」

皆はほがらかだ。よし、こうなったらその気で付き合うてみるか。博明だな。ヒロアキ、ヒロアキと。

右記の如くの会話で、転校してから一時間目の授業が終わったのである。

〈釣り竿〉

家に帰ってから早速学校であった事、学友と話し合った事をみんなに語った。賢二兄は、釣りの話を私がすると、

「よっしゃ、任しとけ。ボクが竿を造ったるわ」

するると祖母が、

「それがいい。竹は裏の竹林のを切ったらいいから。この事をおすまさんに言うとくさかい」

「賢二、ほんなら糸と釣り針、その他のもんを買いに津島に行こうか」

と、横から祖父が助け舟を出す（おすまさんは、祖母の弟【故人】の妻であり、今は出征している一人息子の明一さんとその嫁のタキさんと二人の間に生を受けた明《あきら》（当時三歳）の三人が横井家を守っている）。賢二兄は即刻竹を取りに裏山に行き、先ずは弟の手を想像しながらあちらこちらと探したが、どうしても適当な太さ細さのものが見つからなかった。兄は弟に、

「ごめん、ごめん。ボクの友達で竹林持ってるXX君いうのが居るねん。ボクの竿その子に貰ろてん。二、三日待ってぇな」

「かめへんでぇ。ボク何も誰とも釣りの約束してないのやから、いつでもええのやでぇ」

「一寸まっとりや、今ボクの竿見せたるわ」

兄は部屋の隅に置いてある布製の袋から細長いものを取り出して私に見せた。釣り竿だ。一本の竹を四等分にしてあり、その一本分の長さが半間。半間を四倍にして二間か。

「これはボクがXX君からもろた竹を切ってこないに仕上げたんや。つないでみい。かなり長いやろ」

私は兄の指図に従って、手に持つ竹の一番太いものから先端の細い順に、半間の竹を三ヶ所でつなぎとめて長い一本の釣り竿に仕上げた。竹と竹の間に円い木を埋め込んで。それがピッタリと竹に密着している。これでは目の下二十センチの〝源五郎ブナ〟でも大丈夫。竿はバラバラにならない。

「繋ぎ目、これやったら心配いらんなぁ」

「これなぁ、おじいちゃんが手伝うてくれてん。おじいちゃんやったらこんなん朝飯前や。〝賢二、小刀貸してみい〟言うて小刀を渡したらその瞬間にボクの持っていた木ィを竹の穴の大きさに合わして削り取る。竹の方も何かやってるなぁと思ってたらなぁ、竹にさっきの木の凸の部分を合わせて使う、ということはなぁ、竹の穴の部分に凹みを作っていたんや。そんなんを三ヶ所作らないかん。それ全部やってくれはったでぇ」

「それやったら、おじいちゃんが全部やった事になるなぁ。賢ちゃんがおじいちゃんの手伝いをしたんや（私が賢二兄を呼ぶ時には〝兄ちゃん〟と言わず、いつも〝賢ちゃん、賢ちゃん〟と呼んでいた）」

「そんな事どうでもいいわ。それよりこの竿使うて今から釣りに行こか。今日は天気もええし、未だ早いやろ」

　と、話がまとまって二人は先ずミミズを取りに裏の畠へと出た。途中いちじくの樹が三、四本実に見事な実をつけているのを発見。一本の樹に百個位はなっていると見た。

「賢ちゃん、あの樹誰のんや。今は青いけど、見事な実ィやなぁ」

「土地はおすまさんのんやし、お前取ったらあかんぞー、えらい目にあうぞー」

「取るかいな、ボクはただ見事な実ィやし、これは誰が持っとるんかいなと思うただけや」

「それやったらええんやけどなぁ。それよりミミズ、ミミズ」

　と、どうやら兄は私よりもずっと鮒釣りに興味がある様だった。畠の土がミミズのフンで三ミリ程の大きさで無数に盛り上がったところを、持ってきたスコップで十センチ程掘ると、出てきたわ、出てきたわ。赤茶けた二十センチ程のミミズが四、五匹、勢いよく出てきた。兄はスコップを置き、素手で四、五匹暴れるミミズの内、三匹だけを取り容器に入れた。そして、

「後はこうして元の通りにしておく事」

　と言ってスコップを持ち、暴れる残りのミミズの上に土砂をかけてその上をトントンとたたき、

「ハイ、これでミミズ取りの作業はおしまい」と言った。

　弟は聞く。

「なんでもっとようけおるのに、取れへんかったんや」

　兄の答え。

「これだけ大きいミミズやったらな、ちぎって使こたらなぁ二十回分使えるやろ」

「あぁそうか、賢ちゃん悪いなぁ、ボクいっこも手伝わんと」

「かめへんで、お前はまだここに来たばっかりや。ボクはもう六月の空襲におうて以来や。丸三ヶ月お前より先輩や、後輩は先輩のやる事を見てたらええのやでぇ」

「そうか、そうか」

　と兄弟がたわいのない会話を続けているのである。

　兄と私は用水川に向った。用水川は横井宅の東側の田んぼの畦道を歩いて二、三分の距離である。その田んぼでは、道の左右ともに稲が稔っており、今は緑を楽しんでいるが、やがては更に楽しい黄金色の十月が目の前にやって来る。今年は敗戦と同時に豊作である。少なくとも濃尾平野はそうであると思う。私は畦道を通る時つくづくそう思った。

「ここが最高にええわ」

　と兄が言う。

「そやねぇ。ここに決めとこ」

　私はミミズの入った空き缶を足元に置き、兄の指示を待った。兄は二間竿の細い方の先端を持ち上げ、そこに祖母が作った肩にかける布製の小さな袋より取り出したテグスを取り付けた。テグスには事前に釣針も鉛もウキも取り付けてある。

「次はミミズや」

　と言いながらその場に座り込んでやっとその作業の終わりを迎えた。

「敏っしゃん、この釣場はいいよ。まあそこに座ってゆっくりと見とーりーなぁ」

「うん、わかった」

「次はウキ下やな、四十センチ位かな……いよいよ投入やでぇ、よいしょ……」

　私はもっと激しい投入を期待していたが意外と静かなので一寸ばかり気が抜けた。穏やかな水面である。一、二分は過ぎた。ウキは動かない……。

「ウキ下を長くしようかな、五十センチ位か」

　ウキ下を長くして再び投入すると水面がゆっくりゆっくりとウキを中心にして円を描き始めた。ひとつふたつみーっつと波紋を数えた直後にウキが左右前後に激しく動きだした。

「それ、今や！」

　兄が竿を左に引くと竿は水面に近い細い部分から垂れて、なおも水面に近づこうとする。

「うわーい、賢ちゃんやったね、手伝おうか」と私。

「なーにー、いらんいらん」と賢二兄。

　兄は獲物の魚は釣針をがっちりと食いこんでいると思い、竿を両手で上げると銀色のヘラ鮒の頭の部分が見えた。兄はさらにゆっくりと竿をあげると初めて私に見せたヘラ鮒の銀鱗が九月の太陽にあたってまぶしい。私の目測では二十五センチはある大物である。兄はこのヘラ鮒を完全に手元に引き寄せるまでは一苦労したと言ったが何せ〝タモ〟を持ってなかったからだと付け加えた。兄はこの時やっと私の手伝いが要る事を告げた。それは私が持ってきた古いバケツに川の水を入れることであった。お陰でこのヘラ鮒は誰かの口に入るまでは短い間ではあるが命を長らえた事である。

「どうや敏っしゃん、この竿これだけ大きいのがかかってもバラバラにならんと済んだやろ」

と賢二兄は自慢げに言った。

「そやそや、おじいちゃんの技のおかげや」

と私がつぶやく様に言った。

「そらそうや」兄が言った。

私はこんな事を言うのではなかったと一瞬気がとがめた。

「そらそうや」

と受け流した兄はさすがに私より気が大きいと思った。その後二人は日暮れ近くまでヘラ鮒釣りに興じていた。

「もう止めよか」と兄が言う。

「うん」と答える。

釣果は初めに釣り上げた二十五、六センチの大物を除いてその後で釣ったヘラ鮒、二匹はいずれも二十二、三センチのものだった。兄は満足そうだった。私もこれでいいと思った。ふと気が付くと初秋の太陽が西の山並みに沈み込むほんの手前であり、その周り一面に茜色の夕焼け空そのものを見せている。

「きれいな夕焼けやなあ、こんなん見たことないわぁ」と私。

「そやねー」と兄。

二人は三軒家に居た時も、こんなに心から夕空を眺めた事はなかったのである。よくよく見ると多度の山並みの西のはずれの北の方に一際高くそびえる山もこの夕焼け空にお付き合いをしている様である。

「賢ちゃん、あの山なんていうのん？　多度山の向こうの山」

「あれは伊吹山て言うねんでぇ」

「イブキヤマか、ボク覚えとこっと」

私はもと来た畦道を通り家路へと歩みを進めた。手には三匹のえものの入ったバケツを握りしめながら。振り向くと兄が何時その様にしたのか私の知らぬ間に二間《にけん》の釣り竿を四つにたたみ、布製の袋に入れてそれを如何にも大事そうに両手で抱くようにしながら畦道を歩いて来るのだった。

〈芳一兄（長兄）について〉

彼とは年に二、三回尾張の私達四人の家族（祖父母と賢二兄と私）に逢う事は、非常に限られた事だった。父と二人で福島区に焼け残った民家の四畳半の一室を借りて生活をしていた。父は尾張に居る私達四人のために、また芳一兄の学費捻出のために西淀川区の工場で油まみれで働いていた。兄はそんな父の姿を見て自分も働こうと思い、学校に掛け合い夜間のコースに切り替えてしまった。早速彼は旋盤工員となり、朝早くからそれに従い、夜は学校で時を過ごすのであった。

次の作文は珍しく私の長兄の綴った文章である。

『我が家の人々』

父は鉄工所の工員であるが、元自動車の運転手で免許証を持っている。そのことにかけては人一倍よく知っている。自動車個人営業（タクシー）が中止になって以来、鉄工所で働いている。

朝早くから夕方暗くなるまで一家の生計を担って働いてくれる父。朝出かける時の顔、黒く汚れて帰って来た時の顔。父の顔を見る毎に、毎日油にまみれて一生懸命働いて自分等を学校に通はせてくれるのだと思ふと、父の有難さをしみじみと感ぜずにはいられない。

祖父母と弟は、六月十五日に羅災以来父の郷里で、一日も早く一家揃って暮らせる日を待ち侘びながら農家の手傳ひをしている。月一回自分と父が郷里に帰ると、飛び上がるやうに大喜びでほかの事などそこのけである。その夜は何時迄も眠らずに色々な話でにぎあふ。中でも弟等は「早く皆揃って暮らしたいなあ。早く家を見つけてや」とやかましく云ふ。父もうるさくなってつい怒ってしまふ。

母は、今年二月に急病で亡くなった。友達がよく母の事を云っているのを聞くと、自分も母が欲しくなって、つい考え込んでしまふこともある。しかし祖母が達者で自分達の面倒をよく見てくれるので有難い事である。

～完～

これは長兄が昭和二十年九月、日本の敗戦後一ヶ月に学校（泉尾工業学校）の宿題として提出した大変貴重なものである。私ごときはあれも置いとけばよかった、これも置いとけばよかったと今更に思う事しばしばである。そんな自分が八十九歳になってせめて私の孫には本当の私を伝える迄は死にきれないと思いつつ筆を執っている訳である（現在孫は六人）。

長兄と次兄は実に几帳面であるが、三男坊の私はラフな性格であり、何を書くにも記憶力のみである。その記憶力も最近では極端に衰えてきたのである。神よ、衰えし我が頭脳の作用に、より明確な記憶を蘇らせ給え！　と祈るばかりである。

『朝』


ふと目覚めると、早や窓際がうす明るくなっていた。もっと寝ていたいような、起きなければならないような気で我知らずに床を離れた。そうだ、今朝は弟等と一緒に夕べ川に漬けて来た鯰取りの竿を上げに行く約束をしたのだった。横を見ると弟等は未だ気持ちよさそうに眠っている。自分で、

「早く起きよな、兄ちゃん起こしたるわ」

と云っていたくせに。

「朝やで、起きや」

と云って背中を叩いてやると、眠そうな目をこすりながら起きて来た。

「兄ちゃん早く行かな魚が逃げるで」

と云って服を引っかけるなり庭の方へはだしで駆けて行く。どちらが起こしてやったのか判らない。僕は後から入れ物を持ってついて行った。


夜が明けたと云っても未だあちこちにいくらかの星が名残惜しそうにちらほらとまばた

いているのが目につく。そのきらめきも十分と経たない内に太陽にかき消されるのであろう。薄い朝もやを破るごとく麦畠の彼方から雄鶏のけたたましい聲が耳に入る。

何時の間にかズボンも足もべとべとに濡れていた。よく見れば畦道の麦も草もしたたるような露、露、である。

水の面は言ひ知れぬ程静かで、さざ波一つ立っていない。時々食用蛙が奇妙な聲を出してがばっがばっと跳ねている。第一番目の竿を上げようとして手を触れると何かむくむくと盛り上るやうに黒い物が動き出した。鯰だ。弟等は得意そうに

「ほうれ見ろ」

と云っている。そうそう夕べ僕は

「お前等に鯰が取れるかい」

と云ったのだった。二十二本の竿の中三本、大きな奴がかかっていた。今日のおかずが出来たと大喜び。家に帰ると早祖母は朝食の支度をしていた。弟は又、

「ほれ、こんなに大きいやつ」

と見せびらかしている。

振り返ると真赤な朝の太陽が未だうす黒い木々の間から半ば顔を出していた。

昭和二十一年五月廿七日　愛知県立田村　祖母のふるさとにて記載する

これはある天気の良い朝に用水川で、前日にしかけた罠に鯰がかかっているかどうかを兄弟三人が見に行くという場面である。私は文の中央の「夜が明けたと云っても……よく見れば畦道の麦も草もしたたるような露、露、である」という部分が好きである。芳一兄は本当に〝泉尾工業学校〟出なのかどうかの疑問が湧く。「ハハハ……」本当に戦争が終わって良かったよ。

〈新憲法と共に大阪へ〉

この長い章の終末に、先ず書かねばならないと思っていた事がここにある。それは愛知県の立田村新制中学校から大阪府堺市の日置荘新制中学校に転校してきた一九四八年の四月の初旬の事である。丁度、新制中学校の一年生から二年生に上がる時でもあった。その日は四月初旬に転校してから未だ一週間しか経っておらず、尾張で転校した時のような先生も含めて学童達が醸し出すユーモアがここではないように思われたのである。

その要因は私が彼等と交わす日常の会話が飛びぬけて〝けったいな言葉〟の連続であったかも知れないのだ。先ずは尾張弁、阿波弁、浪速弁が適当に混合したものを使っていたかも知れないのだ（やっとかめじゃなも……そじゃけん、せこいんよ……かめへんでウチがやったるさかい……等々）。

この時から一、二週間経ってからだった、本当に心からの友、西尾君や吉岡君が現れたのは。彼等とは晩年に至った今でも親友として付き合っている。

さてと、この日一時間目の冒頭に、先生が二年生のために新しい教科書を一人一人に配られた。始めに手にしたのは国語の本で、大きさも従来の教科書とは何ら変わりはなかったが、その後に配られた小冊子には、大いに驚かされた。先ずは本の大きさだが普通の教科書に比べると一回り半程小さい。その小さい表紙には国会議事堂が薄い黄土色で描かれている。そこには「あたらしい憲法のはなし」という表題が左側に、右側に「文部省」という発行所が小さく印刷されている。開けてみる。

敗戦後あたらしく出来た憲法について私達がどのようにして臨むべきかが書かれている。それも語尾が〝であります〟〝です〟〝ごらんなさい〟で結ばれている。言わば敬語そのものを使って私達中学生に向かって文部省がお願いをしているのだ。それも冒頭の〝みなさん、あたらしい憲法ができました〟から末尾の〝これからさき、この憲法を守って、日本の国がさかえるようにしてゆこうではありませんか。おわり〟まで延々六十頁に至るまでこの調子〝です〟〝であります〟で個々の一つの文章は完結しているのだ。私が憲法なるものをこれから学ぶというのは始めであるし、ましてその教科書の中身が私達（中学校二年生）に対して敬語を使った堂々たる文章である。興味が湧くのも私一人ではあるまい。きっとあの空襲のおそろしさを体験した友もこのクラスにいる筈だ。また中国や満州から命がけで帰ってきた友もいる筈である。そうした友を早く見つけ出して一緒にこの憲法なるものの真理に触れてみようと思う。私は、家族は二回も空襲で家が焼かれて路頭に迷う体験をしているが、私自身は疎開地でシラミと凍傷を患っただけに過ぎないのだが……。

五章目で天皇陛下が出て来られるが、今後は日本人民の象徴であると憲法は認めたがそれはそれでうまくまとめられたと思う。あのお方も戦時中は軍部と軍部の間に挟まれて随分と御苦労なさったであろう。いいねぇ、象徴とは、私はその通りだと解釈している。天皇陛下も神ならぬ人間である事に充分満足していらっしゃる様で私達も安心である。

一九四七年（昭和二十二年）五月三日にこの新憲法は日本国の指針として私達の前に現れた。その時から約一年は経っているのに愛知県の立田中学校では憲法の〝け〟の字も学んでいない。大体これは中学一年生になった昨年（昭和二十二年）の秋頃迄には配布しなければならなかったものだ。だがよそう、今更愚痴になっても仕方がない。

六章目は戦争の放棄ということで結ばれている。誰が書いたものか知らないがおそらくこれから日本国を背負って立つ立派な人々の筈である。少しその名文に触れてみようか。

みなさんの中には、こんどの戦争に、おとうさんやにいさんを送りだされた人も多いでしょう。ごぶじにおかえりになったでしょうか。それともとうとうおかえりにならなかったでしょうか。また、くうしゅうで、家やうちの人を、なくされた人も多いでしょう。いまやっと戦争はおわりました。二度とこんなおそろしい、かなしい思いをしたくないと思いませんか。こんな戦争をして、日本の国はどんな利益があったでしょうか。何もありません。ただ、おそろしい、かなしいことが、たくさんおこっただけではありませんか。戦争は人間をほろぼすことです。世の中のよいものをこわすことです。だから、こんどの戦争をしかけた国には、大きな責任があるといわなければなりません。このまえの世界戦争のあとでも、もう戦争は二度とやるまいと、多くの国々ではいろいろ考えましたが、またこんな大戦争をおこしてしまったのは、まことに残念なことではありませんか。

以上がこの〝戦争の放棄〟という文章の中の前半の終わりである。後半はあらゆる戦争に関するものは、兵隊も軍艦も飛行機も（客用は別）いっさい持たない。陸軍も海軍も空軍もない。これが一つである。

あと一つはよその国とうまく事が運ばなかった場合、けっして戦争によってじぶんを通そうしないという事を決めた。これを〝戦争の放棄〟というのだ。みなさん、あのおそろしい戦争が起こらない様に、また戦争を二度と起こさない様にしましょう。

第六章目の〝戦争の放棄〟の部分は以上で終わるがこれこそが日本の目指す指針というもの、これこそが私達の国是でなくてはいけないのだ。この〝戦争の放棄〟の文を読んでみて初めてこの本の〝憲法〟の意義を掴んだ事になる訳だ。実に多くの良心を持った人達がこの新しい憲法作りに参加されていたと聞く。つたない私達のために数枚のイラストを描いて戴いた方を含めて礼を述べたい。七章目では基本的人権なるものが解るようになっている。今までなかった事だらけで不思議な気がするが人間として当然の権利が述べられている。これはしたり国家が個人の面倒を見てくれるぞぅ。ただし自由権、請求権、参政権を守ってゆかねばならない。

バンザイ、日本は戦争を放棄したぞ。放棄したという事を憲法という最も信用のある形で日本国民はもとより国際的にも〝戦争〟はしない事を約束したぞ。これでバンザイをしなくてもいい訳がない。日本はこの憲法をかかげて世界中どこの国とも接すればいい。今に多くの国がその良さに気付き必ず見習ってくると思う。自由圏の国々然り、共産圏の国々然りだ。これで私達は〝真理〟の方向に少しでも近づけたのではないかな。

受け持ちの先生はこの時間は自由にして下さった。ふと見ると〝憲法のはなし〟の教科書に夢中になっている友達が七、八人はいると見た。楽しいねぇ。あとで何でもいいから声をかけてみよう。

今日は何という良い日だろうか。休憩時間に外気に触れてみる。四月のあたたかい陽光が私達を包む。それに雲一つない日本晴れだ。よーし、この〝あたらしい憲法のはなし〟を家でみんなに見せよう。そう思ったのだった。

＊新憲法の一部をここに紹介する。

日本国憲法　第九条

日本国民は、正義と秩序を基調とする国際平和を誠実に希求し、国権の発動たる戦争と、武力による威嚇又は武力の行使は、国際紛争を解決する手段としては、永久にこれを放棄する。（2）前項の目的を達するため、陸海空その他の戦力は、これを保持しない。国の交戦権はこれを認めない。

＊新憲法は平和に生きていく限り決して変えることの出来ないものなんだ。私達人間のより真理に近い、いや真理そのものだから!!

〈あとがき〉

この本を書き出したのは良しとするが、いざとなると持ち前の頭の悪さが作用して一向に前に進めない。小学生の時にやったこと、知ったこと、覚えたこと等の数々を七十八年もたった今、思い出すことは至難の業であり、私には不可能に近いことである。普通こうした場合、当時の日記帳であるとか、当時の新聞であるとか、手紙であるとか、その他それにまつわる客観的な資料が必要な訳だが、そういうものは一切ない。あったのは後藤田さん（寮母）の七十八年前の手紙で、それも私の不手際で五年ほど前になくしてしまった。それでも自分の余生が段々と短くなっていくにつれ、あの時のことをどうしても残しておきたいとの気持ちが強くなり、何とか〝コンコースからコンコース〟までの話を仕上げることが出来た。

これを読み、懐かしみ、共感し、感銘してくれる方が一人でもおられたら、この上ない喜びです。

文中、括弧（　）文は、今現代の私が思っているものとお考えいただきたい。

著者プロフィール

白井 敏夫（しらい としお）

大阪市大正区生まれ。26年前に脳内出血で倒れ、右半身不随となる。言語障害もあるが、それでも自身の体験を後世に伝えたいという強い思いから、左手にペンを持ち執筆活動を行う。孫六人、ひ孫一人。90歳。

集団疎開

2024年11月15日　初版第1刷発行

著　者　白井 敏夫
発行者　瓜谷 綱延
発行所　株式会社文芸社
〒160-0022　東京都新宿区新宿1－10－1
電話　03-5369-3060（代表）
03-5369-2299（販売）

印　刷　株式会社文芸社
製本所　株式会社MOTOMURA

ISBN978-4-286-25780-8　　JASRAC　出2406429-401